ママは子守唄を歌わない

倉島知恵理

文芸社

目次

平成二十五年　春

その朝、男は「ときわ台駅」の北口に立っていた。プレスが消えかけたズボンと袖口のテカリが目立つ上着、髪には白いものが混じり、眉間には深いしわが刻まれていた。駅前交番の前に建てられた碑に向かった彼は物憂げな表情を浮かべ、そこに記された文字を確かめるように見つめていた。

やがて、電車の接近を知らせる警報音が鳴り出すと同時に駅舎隣に位置する踏切の遮断機がカタカタと下りた。

通過する電車に一瞥を投げた後ゆっくり身体を回し、男は改めて交番の出入り口正面に向かって立った。何か心に期するものがある様子でピンと背筋を伸ばしたものの、両脇に下ろした手を握り締めて考え込むように目を閉じた。数秒後、一度頷いてから、その風体にしては意外なほど美しく流れるような動きで右腕を挙げて敬礼した。

その視線の先、交番の前に人の姿はなかった。駅前を行き交う通勤通学の人々は歩調を緩めることもなく、男の傍らを通り過ぎていった。

午前中の診療を終えた森山可奈子は、重い足取りで母屋のダイニングに上がり、どさっと椅子に座った。歯科衛生士の栗原愛子が可奈子にコーヒーのカップを手渡しながら言った。

「この頃、お疲れですね」

「そうね。考えてみれば私も『アラカン』ですもの。歯医者を続けることがこんなにしんどいなんて……若い頃は思いもしなかった。近頃じゃ、臼歯の隣接面う蝕なんて老眼鏡かけてもよく見えないし……」

可奈子はコーヒーを一口飲んでから続けて言った。

「今どきの患者さんは駐車場完備の洗練された美容院みたいな医院を好むのよね。うちは駐車場なしの木造、築三十年だもの……。午前中の来院者はたった一人、それでもこの通り私はくたくた。もうそろそろやめる潮時っていうことかしらね。昔は一日に百人近い患者を診たこともあったけど……今は少子化に加えて口腔衛生の知識が普及したおかげで、虫歯の治療は減る一方でしょ、これからは歯列矯正とかインプラントに特化した医院でないと首都圏では生き残れない時代になるでしょうね。ところで、愛子さんはうちに来てから何年経つかしら?」

「可奈子先生がここで開業されて間もない頃来ましたから、もう二十年以上ですよ。昔は衛生士二人と助手の三人で先生のお手伝いをした時期もありましたね。みんな若くてはりきってたなぁ……。今はこうして私だけが残っちゃいました。考えてみれば、私もこんなに長く勤めさせていただくとは思いませんでしたね」

そう答えて愛子は楽しそうに笑い声を上げ、自分のカップをテーブルに置くと、いつもの椅子に腰掛けた。可奈子は口元に運びかけたコーヒーカップをゆっくりテーブルに戻しておもむろに言った。

「あのさぁ、もし私がこの診療所を閉じたら、愛子さんはこれからどうする?」

「へっ、私ですか?」

愛子は可奈子が使用人である自分を案じているように感じた。傲慢とも見えるほどドライな性格の可奈子が、愛子にその類の言葉をかけるのは滅多にないことだった。意外そうな表情が一瞬浮かんだのを隠すように、愛子は答えた。

「私もこの歳ですからね……、若くて綺麗な娘さんたちと競り合って衛生士の再就職口を探すのは御免ですよ。それよりは、ダンナの事務所を手伝うとかの方が現実的ですね。私でも保険代理店の電話番程度のことはできると思いますし、息子も経済的には独立していますから、まあ、なんとかなります、大丈夫ですよ。それより、可奈子先生こそ大丈夫ですか、ここを閉じたら先生は一人ぼっちになっちゃうでしょ……心配じゃありません？」

可奈子は不意に誰かに肩をたたかれたように「はっ」と顔を上げた。そして、両手でカップを包むようなしぐさをしながらボソリと答えた。

「そうか……そういうことよね。私、『お一人様』なんだ……」

昭和の終わる頃、可奈子は首都圏にある大学の医学部・歯学部学生が多く集まるコンパで知り合った洋一と結婚した。二歳年上の洋一は福島県只見地方に代々続く歯科医院の長男だった。両親が彼の姉夫婦との同居を望んだため、洋一は可奈子の実家に近い埼玉県浦和に家を建てることにした。そのおかげで、可奈子は義理の親との同居の必要がなくなり、おまけに便利な首都圏を離れて日本有数の豪雪地帯に行かずに済んだことを密かに喜んだ。

自宅敷地内に母屋から続く診療所を建てたのは可奈子の発案だった。結婚後一年ほどで妊娠した彼女は勤めていた都内の歯科医院を辞めた。それは、出産後も自分のペースで診療の仕事を続けるためには自宅で開業した方が得策と考えたからだった。

当時、私大歯学部の講師だった洋一は、退職して可奈子と共同で歯科医院を経営する約束だった。ところが、いざというときになって、洋一は大学に残りたいと言い出し、結果として可奈子が院長となった。洋一はその後も大学に軸足を置き、可奈子の診療を手伝うことはほとんどなかった。それは、二人の協力による医院経営を考えていた可奈子の思惑と違っていたが、彼女は洋一が教授の椅子を狙って頑張るのも悪くないと解釈して、夫を応援することにした。そして、それが二人の間に生じた最初のズレだった。

コーヒーの最後の一口を飲み干して立ち上がった愛子は、可奈子の手から空のカップを黙って受け取った。それなりに満ち足りている自分と比べて、家族と呼べる存在のいない可奈子のことが気の毒だった。若い頃は可奈子の上流階級的な生活ぶりが憎らしいほど羨ましかったが、今は年取った一人ぼっちの彼女を見限るつもりの自分が薄情に思えて仕方がなかった。流しに向かって踏み出した足をふと止めて、彼女は訊いてもよいものかどうか少し躊躇している様子で言った。

「ねぇ可奈子先生、前から気になっていたんですけど、洋一先生はどうされているんでしょう……お元気なのかしら……。今はあちらも『お一人』かもしれませんよ……それとも、あの女性とまだ一緒なんですかね？」

「さぁ、どうかしら、私には関係ないもの……。何年か前、たしか歯科医師会の新年会で、福島の何処かで開業しているらしいって聞いたわ……」

可奈子は苦笑いを浮かべて続けた。

「それにしても、皮肉な話よね。あの後、あっさり大学辞めちゃって開業したみたいよ……誰かへの愛の証というわけかしら……。もう、どうでもいいわ……とにかく、その誰かが私じゃなかったことは確かだから……」

テーブルに頬杖をついて、呟くように語る可奈子の胸に三十年近く前の「あの日」の出来事が蘇っていた。

その日は日曜日だった。可奈子が診療所を始めてから数年が過ぎて、やっと経営が安定した頃だった。洋一は早朝に家を出て、深夜、可奈子が就寝後に帰宅する生活だったので、日曜日は二人が揃ってゆっくりできる唯一の日だった。

朝食の用意をしながら可奈子が言った。

「ねぇー、今度採用した栗原愛子さん、大当たりだったわよ。衛生士の腕はなかなかなものだし、何と言っても『でしゃばらない』ところが気に入ったわ。それに、紗恵の世話も安心して頼めるから凄く助かる。こんなにピッタリくる人はめったにいないと思うの。長くいてくれるといいんだけどね」

何の反応もないので、可奈子は振り向いて洋一を見た。彼は新聞を広げていたが、目は宙を見つめていた。可奈子は注意を促そうとして、もう一度声をかけた。

「ねぇ、聞いてるの」

すると、洋一は何か思い詰めている様子で可奈子に顔を向けた。それから再び伏し目になると、前後の脈絡なく唐突に言葉を発した。

「自由になりたいんだ……」

その決定的な一言は、彼が大学を離れようとしなかった本当の理由を可奈子に直感させた。

『夫が妻に向かって、自由になりたい即ち別れたいと言う理由はただ一つ……女だ！』

可奈子は確信した。しかし、それが自分の思い違いであって欲しいと願う女心はまだ死んではいなかった。

彼女は調理の手を止めて振り返ると、平静を装って言った。

「あなたはいつでも自由でしょ……、そうじゃない？」

「君にはすまないと思っている。でも行かなきゃならない。このとおりだ」

そう言って頭を下げる洋一を見て、可奈子は既に勝負がついていることを悟った。まさに青天の霹靂だった。眩暈を感じて、崩れるように椅子に座った。怒りを飛び越えた強い不快感に心を占拠されて、彼女はただ絶句した。

罵声を浴びせられる覚悟をしていた洋一は神妙な表情を浮かべて顔を上げた。可奈子は洋一の胸の辺りを見据え、無表情のまま短く言った。

「私の知っている女性なの？」

洋一は首を横に振って答えた。

「教授秘書、今はもう辞めた」

「あぁ、そう」

洋一は両手をもみ合わせて懇願するように弁解を続けた。

「先週、彼女、自殺未遂を起こしたんだ……、薬を飲んで。発見が早かったから大事にならなくて済んだけど……とにかく、彼女には僕が必要なんだ。君には申し訳ないが、どうか許して……僕を行かせてほしい」

まるで青春時代の「うわごと」のように甘えた台詞を並べて必死に理解を求める夫に対して、可奈子は言いようのない嫌悪感を覚えた。洋一への思いやりの心が、瞬く間に永久凍土と化し、身のまわりのもの全てが呼吸を止めて色彩を失ったように見えた。宝石だと信じて大切にしていたものが実は小汚い石ころだったと知らされたように感じた。こうして、終わりは突然に始まった。

可奈子の心は硬直した。洋一を叱責する気にも引き止める気にも全くならない自分を発見し、彼女はむしろそのことに驚いていた。

『そもそも、私は夫を愛していたのだろうか？　愛し続けていると錯覚していただけではないか？　結婚したからという理由だけで……』

だから、夫を他の女に盗られても嫉妬を感じないのではないかと、彼女は自分を疑った。さりとて、嫌味の一つも言わずに洋一を自由にしてやるわけにはいかなかった……絶対に。

可奈子は言った。

「その女にはあなたが必要で、私には必要ないだろうっていうこと？　まあ、その通りかもしれないわね。あなたは大学の給料を一度も家に入れなかった。でも私は何も言わなかった。それは、あなたの好きにさせてあげることが愛情だと思っていたから。そうよ、私は経済的に自立しているから、あなたなんかに縋らなくても生きられる！」

可奈子は意地悪なセリフを楽しむように、強張った笑みを浮かべて続けた。

「その女は誰かに養ってもらわないと生きられないパラサイトだわ。その誰かがたまたまあなただった。つまり、あなたじゃなくて他の誰でもよかったのよ。自殺未遂なんて笑わせるじゃない。死ぬ気なんかなかったに決まってる。あなたは罠に引っ掛かったアホなカモなのよ。いい歳して、それもわからないくらい溺れちゃったわけ？なんか凄く低次元の話。あー、嫌だっ！」

洋一はうつむいてボソリと言った。

「本当に愛しているんだ、彼女のこと……。一日中、彼女の肉体のことばかり考えている……。心と身体が彼女を求めて……、もう頭が変になりそうなんだ」

洋一のあまりにも素朴な言葉は可奈子のプライドにぐさりと突き刺さった。

夫は本気でその女のすべてを欲し、愛を交えるエロスに耽溺している、つまり浮気ではないと宣言したのだ。可奈子は完全なる敗北を認めざるを得なかった。

客観的な視点からの一般論として、結婚して家庭を築いた後に「運命の人」に出会う確率はそれほど低くはないだろうと可奈子は思っていた。大人は許されざる恋に苦悩するものだ。その心惑いが文学を育ててきたと言っても過言ではないだろう。しかし、グロテスクなほどむき出しの恋愛を見せつけられる側に、彼女自身が立つことになるとは考えたこともなかった。ここまで開き直られると、可奈子は洋一の心を取り戻したいという気持ちになるはずがなかった。

可奈子は勢いよく立ち上がり、クロゼットを乱暴に開け放った。そして、洋一の衣類や電気剃刀を本人の目の前で次々とゴミ袋に投げ込んだ。それは、夫が家庭を捨てる以前に「私が夫を廃棄処分にする」という強い意思表示であり、彼女の冷酷な一面がことごとく表出された結果だった。その完璧なまでの仕打ちに対して、洋一はじっと沈黙していた。ただ一度だけ、彼が幼い娘のために買ったぬいぐるみを可奈子がゴミ袋に放り込むのを見たとき、彼は口を開いた。

「君はそうやって、いつも上から目線だよね。気に入ったペットを手に入れてしまえば、可愛がりもしない人なんだってことがよくわかったよ」

自らをペットにたとえた洋一を、可奈子は憎しみの視線で射るように一瞥した。そして低い声で言った。

「ペットは裏切らない」

彼女は一呼吸おいてから、鼻でせせら笑った。そして、あからさまな侮蔑を込めて言い放った。

「私は妻としての義務はすべて果たしたわよ。つまり私に落ち度はないの。でも、あなたは私を裏切った……ペット以下ってことよね。えっ、わかったの？　あー、嫌だ。さっさと女のところへ行きなさいよ！」

むしゃくしゃの収まらない可奈子は腕組みをし、宙に向かって捨て台詞を吐いた。

「でもね、あなたは背徳の罪を一生背負うべきだわ。だから、私は絶対に離婚してあげない……覚えておきなさいよ！」

それが別れの挨拶になった。


こうして洋一は去り、可奈子は娘、紗恵を育てながら歯科医院を続けた。可奈子が洋一に向かって宣言した通り、夫が存在しなくても生活は何も変わらなかった。実家の両親は七十歳を過ぎてから相次いで体調を崩し、可奈子は介護労働を経験することなく病院で父母を看取った。日常の事柄のすべてを一人でマネジメントすることに煩わしさを感じながらも、それなりに平穏な十数年が過ぎていった。しかし、可奈子の思い通りに回っていた歯車は、紗恵が成長するにつれ少しずつ変化してかみ合わなくなっていった。

紗恵は十七歳のときに大麻所持で補導され、高校を退学し、二十歳のときに男友達を追って出て行ったきり、そのまま十年が過ぎようとしていた。洋一が去ったことも、紗恵の非行も可奈子にとっては屈辱以外の何ものでもなかった。

振り返れば、離婚に同意するかどうかはどうでもよかった。ただ、意地を通したかったのと仕返しがしたかっただけだった。娘の家出に関しても、当初、可奈子は母親として自分に落ち度はなかったと考えていた。紗恵が父親に似て誘惑に負けやすいから堕落してしまったのだと信じていた。

しかし、すべてが遠い過去のものになった今、可奈子は時々思うのだった。

『そうまでして、私は何を守ろうとしていたのだろう……。結局は自分自身が一番大事で、プライドを傷つけられるのが我慢できなかっただけなのかもしれない……。甘えていたのは私のほうだったということかしら……』

そして、人生の下り坂を一人ぼっちで歩くことに直面し、可奈子はあらためて戸惑っていた。

時計に目を走らせて、愛子が言った。

「さて、お昼を買いに行きますけど……何にします？」

「そうね……麺類かな。とにかく面倒くさくない一品もの」

可奈子はそう答えてから、独り言のように呟いた。

「一生懸命やってきたつもりだったのに、気がつけば『お一人様』か……。私、何のためにこんな頑張ってきたんだろう……」

愛子は何も聞かなかったように、立ち上がりながら答えた。

「麺類ですね」

コンビニに向かうつもりで財布を持った愛子は診療所の施錠を確かめた。コートを肩に羽織りながら母屋の玄関ドアを押し開けようとしたとき、その手が途中で止まった。目の前に幼い女の子を連れた女が立っていたのだ。二人とも普段着姿で、女はやや大きめのスポーツバッグを肩にかけていた。

「あー、びっくりした。午後の診療は三時からですよ」

愛子がそう告げると、女は緊張した面持ちで言った。

「あのぅ……お母さん、いる？」

「えっ……」

愛子は女の顔をまじまじと見た。女は痩せて顔色が悪かった。しかし、おぼろげに残る少女時代の面影を感じとることができた。

愛子はそれに気付くと同時に困惑の表情を浮かべて尋ねた。

「さっ……紗恵ちゃん？」

女は返事をする代わりに頷いた。愛子は、女のジーンズにつかまって不安げな表情で立っている小さな女の子に目を移して言った。

「お嬢さん？」

紗恵は再び頷いた。

四月に入ったとはいえ、灰色の空は低く、今にも雪が降り出しそうな天気だった。

春と呼ぶには寒すぎる外気の中、紗恵と子どもがジャケットなしのトレーナー姿なのを見て、愛子は紗恵が経済的に困窮していると感じた。彼女は近所の目を気にするような素振りで急いで二人を玄関に招き入れ、ドアを閉めると小声で言った。

「今、可奈子先生に知らせてくるから、ここでちょっと待っていてね」

　バタバタと慌てた様子でダイニングに戻った愛子に向かって可奈子が先に声をかけた。

「あら、何か忘れ物？」

　愛子は少し上ずった声で答えた。

「あのぅ……紗恵ちゃんが……」

　久しぶりに聞く名前に、可奈子はハッとしたように顔を上げた。しかし、直ぐにそんなはずはないという表情を浮かべて呟いた。

「あの子は出て行ったきり、もう何年も、連絡をよこさないわよ。この家と私のことをよほど嫌っているんでしょうね」

　愛子は興奮を抑えきれない様子で、そうする必要もないのに可奈子の耳元に顔を寄せて囁くように言った。

「そうじゃなくて、帰ってきたんですよ！　紗恵ちゃんが……。今、玄関に……」

　可奈子は愛子の言葉を最後まで聞かないうちに立ち上がり、廊下を玄関に向かっていた。大きな驚きと少しの喜びと底知れない不安が彼女の胸にどっと押し寄せていた。

玄関には紗恵と小さな女の子が手をつないで立っていた。久しぶりに見る娘の酷く疲れた様子に、可奈子は内心ショックを受けた。娘を出迎える言葉がなかなか出てこない可奈子の後ろから愛子が顔を出して女の子に向かって言った。

「お嬢ちゃんのお名前は？」

「トモミちゃん、あっ、『ちゃん』つけちゃいけないんだっ……」

女の子は失敗の許しを請うようにママの顔色を窺った。

「あら上手にお答えできますね。おりこうさんだね」

愛子がその場を取り持とうとして愛想よく言った。しかし、そこには何とも形容し難い重々しい空気が漂っていた。数秒の沈黙の後、唇を噛むように硬い表情を浮かべていた紗恵が、意を決したように深く息を吸い込み、かすれ声で言った。

「『知る』に『美しい』で知美……」

それから、紗恵はぎこちなく右手を伸ばすと、女友達が挨拶を交わすときのように可奈子の肘の辺りにその手を添えて軽く触れる仕草をしながら続けて言った。

「お母さん、どう？　元気だった？」

躊躇しながらも柔軟な姿勢を示そうと努力している紗恵に対して、可奈子は仮面をかぶったように無表情だった。過去の不愉快な出来事を、あたかも自分だけ先に水に流してしまったような紗恵の態度が触媒となり、可奈子の感情は化学反応を起こしたように突然高ぶり始めていた。そして彼女が口を開いたとき、蘇った怒りは頂点に達していた。

その声は低く震えていた。

「今頃になって、何しに来たの？　もう遅すぎるのよ。一体全体どうゆうつもり？　お金が欲しいの？　まったく、もう……どいつもこいつも寄ってたかって私に恥をかかせて……。みんなバラバラになって、みんな勝手にすればいいんだわ。『よく帰ってきてくれた』なんて言ってもらえると思ったら、大まちがいだからね！　アンタなんか……、もうアンタなんかに用はない……、今さら馴れ馴れしくしないでっ！」

可奈子は舞い戻った娘を黙って受け入れられる種類の女ではなかった。敗者であることをさらけ出した哀れな姿で現れた紗恵に腹が立って仕方がなかった。こうして、いたぶるように残酷な言葉を浴びせているうちに箍が外れてしまった可奈子は紗恵の右手を強く振り払った。

驚いた愛子が思わず声を上げた。

「先生っ！」

そのとき、紗恵の脚にしがみついていた知美が必死の形相で一歩進み出ると可奈子に向かって拳を振り上げ、口を尖らせて言った。

「ママをいじめないでっ！　ママをいじめちゃイヤだっ！　ママをいじめちゃいけないんだからねっ！　ママを……」

可愛い孫の登場は、冷静さを取り戻すきっかけになる場合が多い。しかし、それはテレビドラマの中の話である。可奈子は止まらなかった。

「うるさいっ！」

可奈子は一喝した。彼女の屈折した感情暴発は、事情を知るはずのない小さな知美が紗恵の味方をしたことに一層燃え上がったのだ。可奈子は履物もないまま玄関たたきに飛び降りて知美の手首をぎゅっとつかんだ。

「痛いよぉ」

知美の顔が恐怖に歪んだ。

危険を感じた紗恵は肩のバッグを床に落とした。彼女は即座に屈み込み、知美を後ろから庇うように両手をまわして叫んだ。

「私の子に何するのっ！　そんなに憎い？　許せない？　私のことが憎らしいなら、

私を打てばいいじゃない！　私はお母さんに会いたいと思ったから帰ってきたんだよ……。お母さんと一緒にいたいから……」

その瞬間、可奈子は雷に打たれたようにハッと我に返ると同時に知美から手を放した。遠い日に幼い愛娘を抱いた感触が可奈子の脳裏に蘇っていた。突然湧き起こった愛おしさの記憶は滝となって流れ落ち、やがて胸の奥深くの暗黒を押し流して行った。そして、可奈子の攻撃的な強さを支えていた何かが音を立てて崩れ去った。

へたへたと上がり框に腰を下ろした可奈子は、気が抜けたように宙を見つめて呟いた。

「どれほど会いたかったか……。私がどんな思いで待っていたか……わからないの？」

幾筋もの涙がとめどなくほとばしり出て、可奈子の頰を濡らした。彼女は肩を震わせ、込み上げる嗚咽をこらえようとして喉をつまらせながら搾り出すように言った。

「十年だよ……、さっ……寂し……かった……」

可奈子は両手で顔を覆うと、あらためて堰を切ったように声を上げて泣き出した。

紗恵が可奈子の肩にそっと手をおき、顔を近づけるようにして囁いた。その声は、鎧を捨てた可奈子の胸に心地よく沁みた。

「お母さん、ホントにごめんね」

紗恵の目にも涙が溢れていた。


「泣いちゃダメなんだよ、ね」

知美が紗恵を真似るように小さな手で可奈子の背中を撫でた。

可奈子はゆっくり体を向けて、今度は優しく知美の手を包むように握って言った。

「さっきはごめんね」

彼女は両手を広げると、紗恵と知美を強くそして熱く抱きしめた。


愛子が鼻をすすってから、ホッとしたように明るい声で言った。

「さてと、お昼を買いに行きますよ。お二人さんの分もね」

別れを繋ぐ時間

男が板橋警察署の刑事課に着くと、若い刑事が慌てた様子で駆け寄ってきた。

「今朝はいつもより遅いから心配しましたよ」

「どうして？　来ないとでも思ったのか？」

男のつっけんどんな答えは、遅いと言われたことに対して気を悪くしたことを露骨に表していた。若い刑事の方も不満そうな表情を浮かべ、部屋の隅にある男のデスクを指差して言った。

「だって、最後の日なのに歓送会もいらないって言うし……。とにかく、頼まれていたダンボールの空箱、机の上に置いておきましたからね。中身を詰めおわったら、届け先の住所を書いておいてください。後で発送しますから」

そして、少し躊躇してから続けて言った。

「すみません。今日までいろいろ教えていただいたお礼を先に言うべきでした。一緒に仕事できたことを感謝しています。本当はもっと長くいて欲しいです。ありがとうございました」

ペコリと頭を下げた後輩の脇をすり抜けるようにして、男は自分のデスクの前に立った。机上に散らかった私物をダンボール箱に入れ始めた男は、片付ける手を動かしながら言った。

「いいんだ。心配かけて悪かったな。ちょっと寄ってきた……常盤台交番に。思ったより長くいたらしい……」

「その交番に何か用があったんですか……あぁ、すみません。詮索するつもりじゃなくて、差し支えなければです……お手伝いできることがあればと思って……」

「べつにない。でも、礼を言うよ、ありがとう」

若い刑事は照れくさそうに頷いた。そのとき、彼は何か思い当たったように口を開いた。

「あれっ、常盤台と言えば、昔……、自殺しようとして踏切内に入った人を助けるために殉職した巡査部長がいましたよね……、その人、知り合いだったんですか？」

「まあな」

「そういえば、亡くなった警官は五十代でしたよね。文字通り命をかけた職務遂行に敬意が表されて階級は警部に……、大きく報道されましたから、よく覚えていますよ。そうかっ、もしかして同期だったんですか？　名前はえーと……」

「坂本、同世代ではあるが、彼の方が少し若かったと思うよ」

男は椅子に腰を下ろし、当時を振り返るように呟いた。

「坂本を知ったのは、あの踏切で彼が命を落とす前の年じゃなかったかな……。川越街道近くのラッキーロード商店街で起きた、板橋事件の捜査のときだったよ。地元を隅々まで知っている彼に、随分助けられたものだった……」

宙を眺めていた視線を引き戻すように自分の指先に落とすと、男は続けて言った。

「だから、今も未解決なのがひっかかってさ……どうにも心残りでね」

「その事件のことなら知ってます。でも……実務的には十中八九終わったも同然だって聞いてますよ。疑惑の渦中にあった母親の自殺で迷宮入り確定……、そうじゃないんですか？」

「さぁね。そうかもしれないし、そうでないかもしれないな。母親がマンションの十四階から身を投げたとき、捜査関係者は皆、「黒」だから追い詰められて自殺したと考えた。しかし、我々が専従から外れた後、坂本はわざわざ連絡してきてこう言った。彼女は「白」だったんじゃないかと……。実は、顔見知りだったそうだ。もっとも、交番の前を通る地元の人はみんな友達と言ってもいいくらい、彼は住民から信頼され慕われていた……いい奴だった、お人よしでさ……」

思わず口元に浮かんだ笑みが引き金となって、自分の目頭が熱くなっていることを若者に悟られないように、男は急いで言葉を続けた。

「とにかく彼は、『いつも自分の方から挨拶してくる、とても誠実で真っ直ぐな人柄の女性だった』と言っていた。ホシは彼女じゃなくて、真犯人は別にいると信じているようだった。実はね、今でも時々考えるんだ……坂本は正しかったんじゃないかと」

若い刑事は神妙な面持ちになって言った。

「そうだったんですか。きっと、その一件があったから、自殺しようとして踏切内に入った人を発見した時、何が何でも助けなくちゃならないって、無我夢中になったのかもしれませんね」

「さぁ、それはどうかな。そのことがあってもなくても、きっと同じ行動をとっただろうな。そうゆう人間だよ、あの男は。我々警察官の誇りだ。純粋にそう感じたのは所轄の仲間だけじゃないと思う……」

言葉が途切れたので、若い刑事は先輩の顔を覗き込んだ。その視線に促されるように、男は大きく息を吸い込んで背筋を伸ばした。そして吐き出す息に乗せて呟いた。

「でも、やっぱり、生きていて欲しかった……」

「それで、今朝、現場に行ったんですか？」

「あぁ、そうだ。とうとう未解決のまま、定年を迎えてしまったと報告するために……。情けない話だ」

男は再び溜息をつくと、引き出しの奥からホコリをかぶった薄い手帳を出し、そこに挿まれていた紙切れを取り出して言った。

「預かっていた個人的な捜査メモ……遺品になってしまった」

四つ折りにされた紙を広げるとB５判ノートのページを切り取った大きさになった。急いで破り取られたものらしく、一辺がギザギザになっていた。罫線のない紙の中央よりも左下のところに、何かの動物のスケッチのようなものが鉛筆で描かれていた。ひいき目に見ても上手いとは言えない絵だった。若い刑事が怪訝な顔で言った。

「あのぅ、この絵が重要なんですか？」

「今となっては重要かどうかもわからないな」

「いたずら書きじゃないとすると、これは何か……アニメとかのキャラですかね。犬や猫とは違うみたいだし、馬……よりはキリン……、色が付いてないと難しいな。でも、他では見たことないですね……」

「これを受け取ったとき、こっちは別件で忙しくてね。後で話を聞くことにして別れたんだ。そして、それが最後になってしまった。あの頃は、君も言っていたように事件は終わったと考えていたので、彼がまだ独自に捜査を続けている理由をちゃんと聞こうともしなかったんだ。ただ一つだけ記憶に残っているのは、彼が『これは自分の直感ですが、自殺ではないかも……』と言っていたことだ」

「えっ、それって、他殺の可能性ということですか？　だとすると、母親は第二の被害者ってことになりますよね……いやぁ、そりゃないでしょう。それじゃ、ミステリー大賞もびっくりですよ」

「事実はときとして小説より大胆だ。それに、最初のはあくまで失踪事件だ。殺人と決まったわけじゃない。もう生きてはいないだろうと思うが……」

そう言って窓の外を見やった男に向かって、若い刑事は言った。

「この絵、他の捜査員に見せてみましたか？」

「当時の関係者には一応見せたが、手ごたえなしだった。まぁ、そんなわけで、これが証拠なのかどうかもわからん始末さ。だから、捨てられないんだ……あの事件が本当に終わるまでは。そのときが来れば、彼女の自殺の真相もおのずと明らかになるだろう。もし、万が一、彼女が板橋事件のホンボシではなかったとしたら、なおのこと、せめて被害者の骨だけでも見つけてやりたかったよ」

そう言って、男は紙を元通りにたたみ、手帳に挟んでダンボール箱に放り込んだ。

紗恵が知美を連れて帰ってきてから一週間が過ぎた。

夕方、診療を終えた可奈子は紗恵と知美を車に乗せて毎日のように食事に出かけた。日曜日にはデパートに繰り出し、知美のために可愛い子供服を何着も買った。

子供服売り場のある階からエスカレーターで下りながら、婦人服売り場を見ていた知美が嬉々として言った。

「ねぇ、ママのお洋服も買おうよ！　ほら、あれっ、あのお洋服がいいよ」

知美が指差した先には、大きなひまわりをあしらったワンピースを着たマネキンが飾られていた。大胆に配された躍動感あふれる黄色の花が印象的な一着だった。

「夏を先取りね。どう？　買ってあげるわよ。一着くらい新調してもいいじゃない」

可奈子がそう言うと、知美がぴょんぴょんしながら可愛い声を上げた。

「そうだよ、そうだよ！」

紗恵は自分には派手すぎるとか気乗りしない返事をしていたが、可奈子は知美を喜ばせたくて、その服を買うことにした。紗恵が試着はしたくないと言うので、可奈子は7号（スモールサイズ）の一着を紗恵の背中に合わせてみた。

「この大きさでもちょっとブカブカ……知美ちゃんのママは細いね。でもこれからは美味しいものいっぱい食べて太るだろうから、これに決めよう」

可奈子がそう言うと、知美は嬉しそうに再び跳ねた。

擬似家族のようなぎこちなさはあるものの、可奈子は生きがいを取り戻し、娘と孫と共にいることが自分の幸せなのだと思い始めていた。


午前の診療を終えて母屋に戻りながら愛子が言った。

「可奈子先生、何だか生き生きしてますね。先生が元気だと、私まで若返った気分ですよ。紗恵さんたちが帰ってきてホントに良かった」

可奈子は頷いて口を開いた。

「まだ始まったばかりだけど、紗恵と『親子』をやり直せそうな気がするの……、今度は自分の物差しでみんなを測って品定めをするなんてバカなことはしない。私だって無駄に年取ったわけじゃないのよ」

可奈子は嬉しさに躍動する明るい声で続けた。

「私ね、紗恵が子どもの頃、子育てなんて簡単だと思ってた。子どものことで真剣になっている親たちを見下していたからね。きっと、母親としては最低最悪だったんだろうと思う。素直に認めるわ……紗恵には可哀想なことをした。だから、知美には良質の教育を受けさせてあげたいの。失敗は繰り返さない……償いみたいなものかしら、ね……」

「大丈夫、きっと上手くいきますよ。可奈子先生がいつもみたいに急転直下でガツンとやらなければね、フフッ」

「あら、私、そんなにキレないわよ」

「いいえ、キレまくり現役です」

そう言って愛子は楽しそうに笑った。


ダイニングに戻った二人に向かって、知美が新聞チラシの裏に描いた絵を持って嬉しそうに駆け寄ってきた。

「わーぃ、可奈子先生と愛子おばちゃんだ！　ほら見て！」

知美が得意げに掲げた絵の人物は、大きな楕円の顔から直接手足が出る独創的な風体をしていた。その顔にはぱっちりした目と小さな鼻と笑う口が描かれ、ひも状の手足は楽しそうに踊っていた。

「こっちが愛子おばちゃんで、こっちが可奈子先生」

愛子がしゃがんで絵を受け取り、じっくり鑑賞しているように何度か頷いてから、知美と視線を合わせて言った。

「とっても上手ですね。可愛く描いていただいて嬉しいです。次は、胴体と髪の毛を足してもらえたらもっと嬉しいです。ところで、私は愛子おばちゃんで結構ですけどね、可奈子先生は知美ちゃんのママのお母さんですから……知美ちゃんのおばあちゃんなんですよ。おばあちゃんに向かって先生って呼ぶのは少し変かもしれませんね」

可奈子は白衣を脱いで、知美の絵を覗き込みながら言った。

「先生でいいわよ。おばあちゃんなんて呼ばれるよりましだわ」

愛子はやれやれという表情で知美に目配せをすると、わざと可奈子に聞こえるように言った。

「可奈子先生が『おばあちゃん』になる心の準備を済ますまで、もう少し時間がかかりそうですから、それまで待っててあげましょうね。今日は、この愛子おばちゃんと一緒にお昼を買いに行こうか？」

「うん、行くっ」

知美はバネ仕掛けの人形のようにぴょんぴょん跳ねて答えてから紗恵に顔を向けて懇願するように訊いた。

「行ってもいい？」

「知美はこの辺の道に慣れてないから止めておきな」

紗恵がそう言うと、愛子が紗恵に向かって笑って答えた。

「心配ありませんよ。私がついていますから」

「でも、はぐれたりしたら……」

「すぐそこのコンビニに行くだけですよ。大丈夫、はぐれたりしませんから、そうだよねー、知美ちゃん」

「うん」

知美は愛子と手をつないで嬉しそうに出かけて行った。


二人が玄関から出て行く物音を聞きながら、可奈子が不思議そうに紗恵に尋ねた。

「知美を他の人に預けるのが嫌みたいだけど、愛子さんは紗恵の面倒もみてくれた人なんだからいいじゃないの」

紗恵は一度頷いたが、どことなくすっきりしない顔つきだった。彼女は伏し目がちになって自分の爪をいじりながら言った。

「わかってる、言われなくても。だけど時々、知美が突然いなくなっちゃいそうな気がして……、そんなことになったらどうしようって……怖くなるの」

「ふーん」

可奈子は意に介していない様子で合いの手を入れて、テーブルの上を片付け始めた。紗恵は指先の動きを止めると、不吉な予感に怯えた様子で続けた。

「私が目を離した隙に、もしも誰かに抱きかかえられたら……簡単に連れて行かれちゃうでしょ。もしもそんなことが起きたら、もう二度と知美を取り返せないかもしれない……」

紗恵は視線をさまよわせ、宙に向かって囁くように小声で言った。

「殺されるかもしれない……」

紗恵の意外な言葉に、可奈子は片付けの手を止めた。内心驚きつつも、可奈子はいつもの口調を変えないように注意しながら言った。

「もしも、もしもって悪い方に考えすぎよ。被害妄想だわね、神隠しなんて……。ちょっと心配しすぎじゃない？　どうしてそんなことを考えるのかしら」

そう答えながら、可奈子は思った。

『おそらく今までの生活が幸福とはほど遠いものだったに違いない。生活苦は様々な不安を生み出すものだ。だから知美がさらわれるなんて馬鹿げたことを考えるのだろう。あぁ、可哀想に……』

そして彼女は声に出して言った。

「いろいろ苦労したんでしょう。これからは私も一緒に知美を守ってあげる。だから、安心して、ゆっくりでいいから、今までどんな生活をしていたのか話してちょうだい。昔、付き合っていた横浜の彼、あの人とずっと一緒だったの？」

紗恵は僅かに微笑んで首を振った。

「あの人とは直ぐ……二年もしないうちに別れた。そのあとはいろいろとね……」

そう言って小さな溜息を漏らした紗恵は可奈子に背を向けるように身体をひねり、顔を庭の方へ向けてぽつりと呟いた。

「お母さん、なんだか優しくなったね」

「あら、そうかしら？」

「うん、昔、お母さんはいつもピリピリでさ、恐くて話なんかできなかったもん。知美と一緒に帰ってきた日、最初は追い返されるかと思った……だけど、とにかく良かったよ。あーぁ、もっと早く帰ってくれば良かった……」

可奈子は紗恵が涙を見られまいとして顔を背けたことに気づいていたが何も言わなかった。こうして母親らしく振る舞うことに、彼女は心地良い満足感を抱いていた。紗恵の漏らした「もっと早く」の真の意味が、遥か遠く深い闇の中に佇んでいることに考え及ぶはずもなかった。

三週間ほど経った土曜日の夜のことだった。可奈子は部屋の模様替えの提案をしようと考えて、紗恵と知美が風呂から出てくるのを待っていた。来年か再来年には、知美は小学生になる。まだ、詳しいことは話し合っていないが、早く住民票を移して入学の準備をしよう。先ずは、子供部屋が必要だ。

『もし早生まれなら、来年は一年生では？　幼稚園は行ってないみたいだけど、今までどうしていたのかしら。お受験するなら、塾も考えなければ……。私立小に入学したら、私が送り迎えをしよう。紗恵が小さな子どもの頃、私は診療が忙しくて子守唄を歌ってやることすらなかった。学校に通うようになってからは、十分なお小遣いを与えて自由にさせてあげることが私なりの愛情表現だと思っていた。母親が真剣に働いている姿を紗恵に見せることが家庭教育だと信じていた。でも、本当は仕事中心の生活スタイルを娘に乱されたくないから、自分に都合の良い解釈を選んでいただけ……、母親のすることではなかったんだわ。考えてみれば、私は学校や友だちについて紗恵から相談されたこともないし、人気のテレビドラマや世の中のニュースや流行のファッションについて彼女がどんなふうに感じていたか……聞いたこともなかった、いや、聞こうともしなかったと言った方が正しいかもしれない』

当時、自分が立派な母親だと思い込んでいた可奈子は、学習意欲に乏しくやる気のない紗恵を怠け者であると決めつけていた。今、帰ってきた紗恵の頬はこけて肌に瑞々しさはなく、実年齢よりもかなり老けて見えた。枯れ枝のように痛々しい姿の紗恵を目の前にして、可奈子の胸中には「何かしてやりたい」思いが込み上げていた。

『紗恵ちゃん、私は家族をやり直したい。だから、知美にはできるだけのことをしてやりたいの……』

　可奈子は知美の誕生日すら知らないことに焦りを感じ始めていた。


　バスタオルにくるまった知美がリビングに現れた。可奈子が知美に尋ねた。

「ママは？」

「お風呂だよ」

「知美ちゃんと一緒に入ったのに、ママは長風呂だね」

「一緒じゃないよ。トモミの身体洗うとき、ママは服着たままだもん」

「それじゃ、ママは知美ちゃんが出てから入るんだ……」

「うん」

「今まで気づかなかったけど、いつもそうなの？」

「うん、そうだよ」

　知美と頷き合いながら、可奈子は多少の違和感を持った。しかし、紗恵が一人でゆっくり入浴したいと思っても不思議ではないと考えて納得することにした。ところが、知美の次の言葉を聞いて、可奈子は凍りついた。

「ママが病気になって、パパとお風呂に入ったの。だけど、パパ……キライ。お風呂でね、トモミのおへそとかおしっこ出るとことかペロペロなめるんだもん。ときどきちょっと痛いの。パパは終わるとママには絶対内緒だよって言うの。もしママに言ったら今度はもっと痛いことするって……」

『あぁ、なんてことっ！』

可奈子は一発ダウンの痛烈なパンチをくらった気分だった。こめかみに拍動痛を感じながら、彼女は考えた。

『紗恵は自分の夫が知美に何をしていたか知っているのだろうか……。いや、知ったからこそ、この家に逃げ帰ってきたに違いない。そんな重大なことを私は何も知らなかった……全然気づかなかった。それにしても、紗恵はどこが悪いのだろう。確かに、あのやつれ方は尋常ではない。いったい何が起こっているのだ……何が？』

可奈子の頭の中を重い不協和音が占領した。彼女は不快な息苦しさを感じながらも、いつもと同じ手順で知美に下着とパジャマを着せた。それから乾いたタオルを出して、知美の髪を拭きながら平静を装って訊いた。

「ママはそんなに具合が悪かったの？」

「うん、ときどきこんなふうになって動かなくなっちゃうの」

知美は可奈子の足もとで蹲ってみせた。尋ねるべきではないと思いながらも、可奈子は確かめたい気持ちを抑えきれずに言った。

「知美ちゃん、パパにどんなことされたかママに言ったの？」

「うん」

「そうしたらママ何だって？」

するると知美は不思議そうな表情を浮かべて答えた。

「そうしたら？　そうしたら……、次の日、電車に乗って……ここ、可奈子先生のおうちに来た」

可奈子は思った。

『そうだったのか……。紗恵は病気だ。しかも、私の助けを必要としている！』

そのとき、洗面所の方から、プラスチックコップと歯ブラシ類がばらばらと床に落ちる音に続いてドサッという鈍い物音が響いた。

可奈子の全身に緊張が走った。首筋から頭頂部に向かって髪の毛が逆立った。彼女は反射的に立ち上がり、無言のまま急いで風呂場に向かった。

紗恵は洗面台の前に下着姿のまま倒れていた。傍には脱いだジーンズが整えられずに放置され、脱衣かごの中には新しい下着が手つかずのまま置かれていた。服を脱いでいる途中で立っていられなくなった紗恵は洗面台につかまって身体を支えようとしたのだろう。そして、力尽きた彼女が台の上の小物を落としながら倒れる光景は容易に想像できた。

「さえーっ！　さえーっ！　しっかりして！　お願い……」

可奈子は紗恵の両肩を摑んで、叫ぶように名前を呼び続けた。呼びかけに反応はなかったが、浅い呼吸は確認できた。震える指を紗恵の首に伸ばして頸動脈の辺りにそっと触れてみた。弱いながらも規則正しい脈拍を感じることができて、可奈子は少しホッとした。

『良かった……』

しかし、事態は深刻だった。服を脱いだ紗恵の身体を目の当たりにした可奈子は、病的に痩せ細った娘の姿に戸惑いながらも、ごつごつと骨の浮き出た背中に腕を回して楽な姿勢にしてやろうとした。そのとき、紗恵のショーツにあてられたパッドから酷く腐敗臭のする滲出物が浸み出していることに気づいた可奈子は、ハッと息を吞んだ。その瞬間、紗恵の病気が既に手の施しようのないところまできていることを直感した可奈子は激しく動揺したのだった。

『この子、死にかけてる！』

絶望の涙がこみ上げて、頰を流れ落ちた。もう手遅れだという思いが胸に充満して、両肺を押しつぶそうとしていた。

『あぁ、どうしてこんなことに……』

暫しの間、嘆きに溺れていた可奈子は、洗面所の入り口に立ちつくしている知美の存在に初めて気づいた。知美は一声も発することなく、瞬きもせずに紗恵を見つめていた。顔は苦しそうに歪み、大きく開いた唇は「ママ、ママ」と動いていた。泣き声も出なくなってしまった知美は、何かつかまるものを求めるように、小刻みに震える両手を宙に伸ばそうとしていた。

可奈子は片手を伸ばして知美の手を力強く摑み、小さな肩を抱き寄せた。可奈子の腕の中で、知美は堰を切ったように大きな声で泣き始めた。可奈子は何も言わず、ただ知美の頭を優しく撫で続けた。

再会の光と影

「………、あの……、森山さん、大丈夫ですか？」

救急担当の医師に名前を呼ばれていることにやっと気づいた可奈子は、ハッとして顔を上げた。救急処置室入り口横の薄暗い廊下に置かれた長椅子には可奈子と知美以外に人影はなかった。

紗恵を乗せた救急車が到着したとき、この廊下には家族の容態を気遣う数組の人たちが無言で佇んでいた。応急処置が済んだ軽症の患者は待っていた家族と共に帰路につき、入院が必要と判断された患者の家族は戸惑いながらも準備のためにその場を去っていった。こうして、今は可奈子と知美だけがとり残されていた。重い空気の漂う数時間が流れる中で、怯えた目で他の人たちを見つめていた知美は、いつの間にか可奈子の手を握ったまま熟睡していた。可奈子は腿の上に乗っていた知美の頭をそっと退けて立ち上がり、医師の後について処置室に入った。

医師はパソコン上に紗恵のＣＴ画像を読み込みながら、事務的な口調で言った。

「申し上げにくいのですが……娘さんは末期の子宮頸癌と思われます。確定診断は細胞診の結果待ちです」

画面に表示された画像の一部を指さして、医師は可奈子と目を合わせずに説明を続けた。

「癌は子宮の周囲にも浸潤して、このように骨盤腔がほぼ癌で満たされた状態です。それから、両肺には粟粒大の転移巣が散布されたように広がっています。胸膜下にも多数の転移があり、癌性胸膜炎を起こしたために多量の胸水が貯留して肺を圧迫していました。今夜、倒れた直接の原因は呼吸不全だろうと思われます」

可奈子の目はＣＴ画像に向けられていたが焦点を合わせる様子でもなく、紗恵が末期癌であると宣告されたにもかかわらず、無言のまま表情一つ変えなかった。病状が理解できたのかどうか不安になった医師は返事を促すように言った。

「森山さん、おわかりになりましたか？　もう一度ご説明しましょうか？」

可奈子はベッドに寝かされている紗恵の方にゆっくりと視線を移し、彼女の穏やかな寝顔を確かめてから、おもむろに口を開いた。

「あの子は何年も音信不通でした。先日、帰ってきたときには酷く痩せて元気がなかったのですが、私はあまり気にしませんでした。まだ若いのに極度の低栄養状態と皮膚の乾燥を示していたのですから、病気だと考えるべきだったのに……、私は母親失格です。さっき、あの子が倒れた時に初めて気づいたんです……腐敗臭のする異常帯下《たいげ》に……。それで全部が繋がりました。やっとピンときました……子宮頸癌、それも末期だと……」

冷静さを保つことには自信があったはずなのに、自らが発した言葉によって感情が揺らいでいた。不意に込み上げた涙が目から溢れ出ないように、視線を上方に移した可奈子は続けて言った。

「子宮頸癌はウイルス感染が原因で起こる……、防げる種類の『癌』であることは、今や常識です。万が一、発症したとしても早期摘出すれば予後は良いはず、怖い『癌』ではないのに……。私は何もしてやれなかった。あの子がこうして未治療のナチュラルコースを辿ることになるなんて、私は親として恥ずかしいです。とにかく、先生のご説明はわかりました。ターミナル……、つまり最終ステージですね」

可奈子の的確な返答に反応するように医師が言った。

「森山さんはお医者さんですか？」

「いいえ、違います。私は歯医者です。でも、なんだか不思議な気がしているんですよ。じつは、つい最近、大学の検査部に残っている友人と話したばかりだったんです、十代でのワクチン接種が話題になっている子宮頸癌について……。そのときは、まさか自分の娘が子宮頸癌になるなんて想像もしませんでした。虫の知らせってこういうことなんでしょうかね」

「そうでしたか」

納得したように頷いた医師は、今度は可奈子に目を合わせて尋ねた。

「胸水を少し抜きましたので呼吸状態は一時的に改善されました。今は安定しています。残念ですが、治療できる段階を過ぎていまして、もうこの病院でできることはありません。残された時間をお宅で……、娘さんを連れて帰られますか？」

可奈子はもう一度紗恵の顔を見やってから言った。

「先生は、あと何か月だと思いますか？」

医師は数秒間の沈黙の後、困惑の表情を浮かべて答えた。

「ご存じのように、若い人の場合、癌細胞も若くて元気ですから、進行も比較的早いと考えられます。私は以前に娘さんと同じような患者さんを診たことがあります。肺への転移がラッシュで起こると、癌の進展スピードが凄まじかったです……」

そして、パソコン画面に顔を向けてから続けた。

「十日か二週間、もって三週間……」

覚悟しているつもりではあったものの、十数日の命という宣告は、改めて可奈子の胸にぐさりと刺さった。彼女はかすれた声でつぶやいた。

「何か月ではなくて、あと何日の話ということですか……」

可奈子は頭の中を整理しようとして懸命に考え込んでいた。しかし、実際には何も考えていなかった。口を突いて出た言葉は彼女自身にとっても意外なものだった。

「家で看取るわけにはいきません。命が終わるまで、この病院に……」

そう言いかけた可奈子は、相手の理解を求めるように早口になって続けた。

「昔、肺に『癌』が拡がって亡くなった人の話を聞いたことがあります。その人はシーツをかきむしって、苦しさのあまり布団の上に起き上がって蹲るような姿で死んでいたそうです。意識がある状態で呼吸が止まるのは、想像を絶する苦しみなのだと思います。年をとって枯れるように終わっていくのとは全然違うのでしょう?」

可奈子は言葉を切って、知美を寝かせてきた廊下の方を見やった。それから、懇願するように言った。

「娘にはまだ幼い子どもがいます。家で看取ることになれば、その子の目の前でママが苦しみながら死んでいくことになります。寝ても覚めても、ママはまだ息があるかしらって心配する生活を孫に強いるわけにはいきません……そんな酷いこと……できません。ですから、ここで最期を迎えさせてください。この病院がダメなら、どこか終末期専門の病院を探しますから、せめて行き先が見つかるまでここに居させてください」

それは可奈子自身の心の表出でもあった。死んでいく娘と一対一で、毎日二十四時間隙間なく見つめ合うことは耐え難く、できれば回避したいというのが、彼女の正直な気持ちだった。

医師は眉間にしわを寄せて言った。

「そうですか。娘さんご本人はどう思われているのでしょう？　末期であるという状況を理解した上で、それでもご本人やご家族が積極的治療や延命処置を希望する例もありますが……」

可奈子には自分が世間一般の『普通』と違うことを言っているという認識はなかったので、医師の真意を推し量ることなく即答した。

「娘も私と同じ気持ちだと思います。もし治療や延命を望むなら、こんなことになる前に医者にかかっているはずです。そう思われませんか？」

医師は暫く目を閉じて考え込んでいた。それから大きく息を吸い込んで口を開いた。

「森山さんのご意向はわかりました。後ほど用紙をお渡ししますので、延命処置に関する誓約書にご記入ください。それから、ご自宅でのお看取りができない場合、この病院のソーシャルワーカーが受け入れ可能なホスピスなどを探すお手伝いをすることになっていますので、一応その書類を出します。転院先が見つかるまでは、私の担当する外科の病棟に入院していただきます」

「受け入れ病院が見つかるまでの期間は、どのくらいなんでしょう？」

可奈子の質問に、医師は敢えてゆっくりと答えた。

「たぶん二週間くらい、長くて三週間だと思います。よろしいですね」

その言葉に含まれた意味は明らかだった。この病院が看取ってくれると理解した可奈子は医師の配慮に対して丁寧に礼を述べた。

「ありがとう……、先生に感謝いたします。本当にありがとうございました」

処置室を出て行こうとして、可奈子はふと足を止めて振り返った。そして、医師に向かって言った。

「もし、呼吸ができなくなって『そのとき』が近づいても意識がはっきりしているようだったら……、あの子が苦しくないように眠らせてやってください。せめて、本人も気づかないうちに終わるように……、そうお願いするのが、今の私にできる唯一のことだと思います。あの子のために……お願いします」

相手が明確には返答できない立場であることを承知している可奈子は、医師の目を一瞬見つめてから再度お辞儀をして廊下に出た。

紗恵は救急処置室から外科病棟の四人部屋に移された。間もなく、可奈子は歯科医院の午前の診療を終えてから知美を連れて紗恵を見舞い、午後の診療に合わせて帰宅するのが日課になった。紗恵は自力で起き上がることはできなかったが、二人が現れると電動ベッドの背を立てて身体を起こした。それから酸素マスクを外し、知美をベッドの端に座らせて肩を抱くのだった。

靴を脱いでベッドに上がった知美は、持参した絵本を広げて得意そうに言った。

「ママに読んであげるね。可奈子先生と練習したんだよ」

その絵本は、なんでも売っているデパートの愉快なおはなしを描いた幼児本だった（『うえへまいりまぁす』長谷川義史　著、ＰＨＰ研究所）。

「……２かい　ふじんふくうりばで　ございまぁす。おかあさんは　みずぎを　かった」

知美は顔を上げて言った。

「可奈子先生、こんな感じ？　上手？」

「大丈夫。すごく上手に読んでる。続きを聞かせて」

知美は安心した様子で読み続けた。

「……４５かい　おすもううりばで　ございまぁす……９１かい　にんじゃうりばで　ございまぁす……４５９かい　もよおしものかいじょう、ただいま　じごくのぶっさ

んてん　かいさいちゅうで　ございまぁす」

知美はくっくっと笑いながら紗恵の顔を覗き込んだ。紗恵はそれに応えるように微笑みを浮かべて頷いた。知美は嬉しそうに続けた。

「さいじょうかい　かみさまうりば、ほんじつ　とくべつセール　かいさいちゅうでございまぁす……」

度々つっかえながらも上手に読もうと一生懸命になっていた知美が、突然読むのを止めた。開いた絵本のページを押さえていた知美の小さな手に紗恵の涙が落ちたからだった。

「ママ、ごめんなさい。悲しくなっちゃったの？　トモミのせい？」

紗恵はサイドテーブルからティッシュを一枚取って知美の手を拭き、それから自分の頬を流れる涙をぬぐって答えた。

「そうじゃないの。知美がとても上手に読んでくれるから、嬉しくて泣いちゃった。人間はね、嬉しいときにも泣くことがあるんだよ」

「ふぅん、そうなんだ。ママは嬉しい？」

「うん、嬉しいよ。知美がママの子で良かった」

そう言って、紗恵は知美の髪を優しく撫でた。可奈子は知美が何かを感じ取ってしまうことを恐れ、自分は泣くまいと必死でこらえていた。知美に気づかれないようにと二人に背を向けて病室の出入り口に目をやった時、看護師長が声をかけてきた。

「森山さん、ちょっとよろしいですか？」

「はい」

看護師長は人気のない廊下の片隅に可奈子を導いた。傍らの小さなワゴンの上にはパソコンが置かれていた。カルテが表示されている画面を見ながら、看護師長は抑揚を抑えた声で言った。

「昨晩から、食事の摂取を停止しました。もう食べ物を噛んで飲み込む力がありませんので、医師からそのように指示されました」

「えっ、そうですか。それなら点滴しなくちゃなりませんよね。私は家から何か食べられそうなものを持ってきます。プリンとかゼリーとか……」

すると看護師長は初めて悲しそうな表情を見せて、可奈子の言葉を遮るように言った。

「森山さん、娘さんの病状はご理解いただいていますね。おわかりですか？」

可奈子はハッとして看護師長の顔を見た。

そして、悟った。そうか、『そのとき』が近いのだ。既に覚悟はできているつもりだったが、心のどこかでは『それはまだ先』と思い込んでいた。その自己矛盾に気づいた可奈子は酷く動揺した。大人気ない混乱を看護師長に見透かされたような気がして恥ずかしかった。理性よりも感情が優位の無知な母親と思われたくなかった可奈子は、そうする必要もないのに、背筋を伸ばして毅然とした物腰で言った。

「大丈夫です。わかっています」

看護師長は可奈子の答えを聞いて安堵した様子で言った。

「ちょっと熱が高いので普通はダメなんですが、今日これから入浴させてあげたいと思っています。よろしいですか？」

可奈子が頷くと、看護師長は続けて言った。

「それから……明日にはエレベーターホールの向こう側の旧病棟に移っていただきます。ご了承ください」

旧病棟はナースステーションの直ぐ裏手に位置していた。そこには四つの個室があり、患者がいるらしい気配はしてもひっそりとしていて、いつの間にか空室になっている不思議な場所だった。この数日間、可奈子はエレベーターホールの向こう側の静けさに違和感を抱いていたが、その理由がやっと明らかになった。

可奈子に同情するような視線を向け、看護師長はゆっくり頷いた。


翌日、可奈子は一人で旧病棟にやって来た。強い日差しが降り注ぎ、夏の気配を感じさせる暑さだった。病室に入ると、窓にはめ込まれた旧式のクーラーがガラガラと騒々しい音をたてて湿った冷風を出していた。白い塗装が所々剝げたパイプベッドに寝かされた紗恵は全身を使って努力するように浅い呼吸をしていた。やわらかな石鹸の香りがほのかに漂い、きれいになっている娘の顔と整えられた髪の毛を見て、可奈子は心の中で看護師長に感謝し、『あの人にもつらい思い出があるのかも……』と考えたりした。

顔を覗き込んで頭を撫でてやると紗恵が目を開けたので、可奈子は椅子を引き寄せて枕元近くに座った。紗恵は酸素マスクをしたまま唇を動かした。「と・も・み」と読み取った可奈子は、紗恵の耳元に顔を近づけて言った。

「知美は元気よ。心配しないで……、大丈夫」

紗恵は微かに頷いたように見えた。マスクを少し持ち上げてやると、荒い呼吸音の合間に紗恵は何かを言おうとした。かすれた声はクーラーの雑音にかき消されたが、可奈子には「お母さん」と聞こえたような気がした。

紗恵は再び眠りについた。右横を向いて枕から落ちそうになっている紗恵の頭の位置を直してやろうとした可奈子は、紗恵の左首筋に二つほど浮き上がるクルミ大の腫瘤に気づいて手を止めた。それは癌の頸部リンパ節転移だった。この転移巣が首の筋肉に負担をかけているために、今は右横を向いている方が楽なのだろう。可奈子は紗恵の頭をそのままにして、ただ黙って彼女の寝顔を見つめていた。

話さなければならないことが山ほどあるとわかってはいても、可奈子は紗恵に何も尋ねようとはしなかった。失われた時間を取り戻す試みを今始めたとしても、中途で終わらざるを得ないことを承知しているからだった。

紗恵が自分の病状について何も訊こうとしないのは、死期の近いことを理解しているからだろう。しかし、まるで天の罰を受けとめているような紗恵の表情を見ていると、その両肩をつかんで「あなたは悪くない。罰を受けるべきなのはあなたじゃない、私だわ」と大声で叫びたくなるのだった。


その夜遅く、日付が変わる頃に電話が鳴った。病院からだった。そして、受話器から聞こえてきたのは看護師長の声だった。

「森山さん、今からこちらに来られますか?」

「はい、わかりました。あのぅ、あなたは紗恵のためにこんなに遅くまでいてくださったのですか?」

少しの間があってから相手は答えた。

「今夜は私の順番ですから……たまたまです」

「そうですか。とにかく急いで伺います」

可奈子がそう言って電話を切ろうとすると、看護師長が急に早口になって言った。

「あの……娘さんに着せてあげたい服があったら……お持ちいただけますか？」

思いがけなく温かみのある言葉を聞いた途端、今まで抑えていた悲しみが喉元に痛みを感じるほど強く込み上げた。

『あぁ、紗恵が今夜逝くのだ』

可奈子は泣き声にならないよう必死になって言った。

「ありがとう……本当にありがとう」


電話を切った可奈子は、隣に寝ている知美を起こさないようにベッドを出てリビングの明かりを点けた。買い物に行った日に帰宅してから置いたままになっていたデパートの袋を明るいところに持ってくると、中からひまわり柄のワンピースを取り出した。

『あの日、これを買った時には楽しかった……。これから三人で暮らすことしか考えなかった。さほど贅沢な幸せを望んだわけではないのに……、なぜ？』

可奈子はワンピースをそっと胸に抱いてから丁寧にたたんで自分の手提げに入れ

た。手早く身支度を整えて、熟睡している知美をタオルケットで包んで車に乗せ、病院に向かった。

紗恵は昼間と同じように右横を向いて眠っていた。少量の息を吸い込むたびに下顎がカクッと下がり、まるで表情のない腹話術の人形のようだ。終わりが近づいていることは誰の目にも明らかだった。痛々しい姿ではあったが、苦しそうには見えなかった。

『これで、眠ったまま逝かれる……』

可奈子は心の中で呟いた。

小さな窓ガラスの向こうに広がるディープブルーの空にライトグレーが差し始めた頃、紗恵の呼吸が止まった。可奈子は知美を抱いたまま反射的に椅子から腰を浮かせた。すると思い出したように紗恵の下顎がカクッと下がり、再び少量の息を吸い込んだ。可奈子は問いかけるような気持ちで見守り続けた。

『あぁ、もう少し、頑張ってみるの？』

その瞬間だった。

紗恵が目を開けた。焦点の合わない虚ろな眼差しは、『そのとき』が訪れたことを告げているようだった。

可奈子は知美の寝顔を紗恵に見せてやろうとして慌てて屈み込み、声に出して言った。

「知美のことは心配しないでいいのよ。よく頑張った。ゆっくり休んで……」

言い終わらないうちに、紗恵は目を閉じた。呼吸は完全に止まっていた。可奈子は手を伸ばして紗恵の酸素マスクを外した。それから、指先に装着されていたパルスオキシメーター（血中酸素濃度測定器）を外すと、紗恵の指は既に蠟細工のように真っ白で氷のように冷たくなっていた。


当直医師による死亡確認の後、紗恵の身体を拭きに来た看護師長に、可奈子は手提げを渡しながら言った。

「これを着せてやってください。お願いします」

「承知しました」

こうして病室内の空気が「別離の静」から「日常の動」へと変化し、可奈子に抱かれていた知美が目を覚ました。きょとんとしている知美に可奈子は優しく話しかけた。

「今ね、ママは天国に行ったよ。知美ちゃんが選んでくれたひまわりのお洋服を着て行くって……、さぁ、おうちに帰りましょう」

知美は何も言わなかった。ママを呼んで泣くこともなく、可奈子の腕にしがみついて頷くだけだった。ただ、知美の手は可奈子の腕を一時も放そうとせず、可奈子が痛みを感じるほど強く摑み続けていたのだった。


内輪だけの葬儀が終わり、可奈子は診療を再開した。近くに住んでいる愛子の息子一家が、診療中は知美を預かってくれることになった。愛子の息子、圭太は司法書士の資格を取得し、父の事務所の一角を借りて仕事をしていた。圭太夫妻には幼稚園に通う男の子がいたので、知美のことを快く引き受けてくれたのだった。

午前の診療を終えて母屋に上がり、いつものように愛子からコーヒーを受け取りながら、可奈子はポツリと言った。

「この診療所を閉じる話だけど……」

可奈子の重大な決意を察した愛子は黙って頷いた。愛子が自分の席に着くのを待って、可奈子は話し始めた。

「私ね、これから先どれくらい長く生きるかわからないけど、知美を立派に育て上げることに命を懸けようと思うの」

愛子は驚いた様子で可奈子の言葉を遮った。

「一人娘の紗恵さんを亡くされた可奈子先生の気持ちはよくわかりますけど、そんなに思い詰めちゃいけません。知美ちゃんはしっかりした良い子ですから、先生が命懸けなくてもちゃんと育ちますよ」

可奈子は微笑んで首を横に振って言った。

「そんな大げさなことをするつもりじゃないのよ。でも、実際、私がこれからやらなければならないことを、この何日かずっと考えていたの。そうしたら途方もなく不安になっちゃってね」

小さな溜息の後、可奈子は続けた。

「先ず知美の住民票をここに移さなきゃならないでしょ。でも、考えてみたら、そもそも戸籍がどうなっているのか……全然わからないのよ。紗恵は書類上ずっとここに住んでいたことになっている。もっとも、遥か昔に出て行った森山洋一氏も戸籍上は私のダンナのままだけどね」

可奈子は自虐的なジョークを放って苦笑いした。しかし、事態の深刻さを感じ取った愛子は真顔のまま低い声で言った。

「可奈子先生、もしかして、紗恵さんから何も聞いていないんですか？」

可奈子が頷くと、愛子は少し考え込んでから続けた。

「なるほど。そうなると、知美ちゃんの父親と協議しなくちゃなりませんね。万が一、親権を争うなんてなったら……そりゃ大変だわ」

「これからゆっくり話し合えばいいと思っていたのよ。時間はたっぷりあるはずだったから……。紗恵がこんなことになるなんて考えもしなかった……」

可奈子が言い訳をするようにそう答えると、愛子は慰めるように言った。

「そうですよ、紗恵さんは帰ってきてから、あっという間に亡くなってしまいましたから仕方ないです。きっと可奈子先生に知美ちゃんを託すために帰ってきたんだわ。紗恵さんの気持ちに添うためにも、とにかく知美ちゃんと一緒に暮らすことを先に考えましょう。大丈夫、落ち着いて探せば、紗恵さんの持ち物の中にきっと母子手帳がありますよ」

可奈子はハッとしたように顔を上げた。なるほど愛子の指摘はもっともだ。幼い子どもを連れて家出するなら母子手帳くらいは持つだろう。可奈子は大急ぎで紗恵の部屋からスポーツバッグを持ってきた。それは紗恵が知美を連れて帰ってきたときに肩にかけていたものだった。

可奈子は床に座り込むとバッグのファスナーを開けて、中身をカーペットの上に並べ始めた。先ず、知美の衣類と肌着が数点と紗恵のものと思われるジーンズとカットソーが何点か出てきた。それから生理用ナプキンの袋と小銭が入っただけの財布を取り出すと、バッグはほとんど空になった。

愛子が言った。

「きっとポケットですよ」

可奈子はバッグの外側のポケットを探った。中から飲料メーカーの名前がプリントされたタオルハンカチと広告入りのポケットティッシュが出てきた。どちらも繁華街で無料配布されているものだった。

続いて、可奈子は内側ポケットに手をかけた。これが残された最後の場所だと思うと、指先に力が入った。慎重にファスナーを開けると、片手に乗るくらいの大きさにたたまれた洗いざらしの水色の布が出てきた。広げてみると、それはただの布ではなかった。おまけに包まれていたのは一万円札の束、無造作にちぎられた帯封が床に落ちた。

可奈子と愛子は顔を見合わせた。先に口を開いたのは愛子だった。

「あら、お金……、五十万円くらいありそうですね。それから、これ、ベビー服じゃありません？　一歳よりちょっと小さめかしら、ハイハイとかつかまり立ちする頃の大きさ……、知美ちゃんが着ていたのでしょうかね」

「何か思い出のある服なんだろうけど、今となっては紗恵に聞くこともできないし、知美が覚えているはずもないし……」

可奈子はそう言って小さな洋服を手に取った。それはセーラーカラーが可愛らしい木綿のワンピースで、共布のオーバーパンツが付いていた。パンツのヒップ部分には手作りのアップリケが縫い付けられていた。あまり上手ではなかったが、光沢のある絹糸で丁寧にかがられていた。その縫い目をそっと指でなぞり、可奈子が言った。

「これが大切な思い出だったかもしれないね。紗恵が裁縫するなんて想像できないけど、きっと我が子のために一生懸命だったんでしょう。あの子、自分がしてもらえなかったことを取り戻そうとしたのかしら……」

愛子も頷いてアップリケを覗き込んだ。

「たしかに、素人っぽいところが可愛くていいわ。紗恵さんは立派に『お母さん』しようと頑張っていたんですね。それにしても、黄色い犬かしら……それとも馬？」

「まあ、どっちでもいいわ……。現金は万が一に備えていたのね、きっと」

そう答えながら、可奈子は札を数えもせずに元通りベビー服をたたんだ。母子手帳はおろか紗恵の携帯電話や運転免許証さえ見つけることができなかった。家出してからの十年間を辿れそうな手がかりは何も出てこなかった。これは明らかに異常なことだ。可奈子には紗恵が自分の足跡を消そうとしているように思えた。死期が近いことを悟っていたからだろうか……、それとも知美を連れて逃げ出すのが精一杯だったのか……。唯一の証人は幼い知美である。しかし、知美に父との生活を思い出させるのは、純真な心を傷つける事実を引きずり出す結果になりかねない。可奈子は黙り込んだ。愛子は慰めの言葉が見つからず、カーペットの上の品々をぼんやり眺めていた。

突然、可奈子は背筋をぴんと伸ばして言った。

「やっぱり、なんとかして知美の父親を探す！」

放った言葉に自ら頷いて、可奈子は続けた。

「診療所はできるだけ早く閉めることにしましょう。うちよりも駅近くに何年か前に開業した歯医者さんが私と同じ大学の卒業らしいから、治療途中の患者さんを引き継いでもらうように、今日にでも連絡してみるわ。たぶんオーケーよ」

愛子が不満そうな表情を浮かべて言った。

「そりゃ喜んで引き受けてくれるでしょうよ。駅周辺じゃ歯科医院も美容院なみの乱立で患者の争奪戦が凄いそうですからね」

「そんなこと言わないで、患者さんのリストをお願いね。私は一刻も早くこっちに取り掛かりたいの」

そう言いながら、可奈子は空になった紗恵のバッグをもう一度逆さまにして振るった。すると切符のようなものが二枚、はらはらと床に落ちた。手に取ってみると、それは川口市立グリーンセンターの年間パスだった。一方のパスには「安達紗恵」、もう一方には「安達知美」と記されていた。可奈子は「安達」という苗字を初めて知った。可奈子の複雑な胸中を思いやるように愛子が言った。

「安達さんてお名前なんですね……紗恵さんのご主人……」

紗恵と知美が年間パスを利用するほど頻繁に通ったならば、二人はグリーンセンターの近く、つまり川口市近辺に住んでいたと考えられる。川口駅は浦和駅から四駅しか離れていない。紗恵はそんな近くに暮らしていたのだ！　家出を選んだ紗恵はこの家から遠く離れたところに行ってしまったものとばかり思い込んでいた可奈子は愕然とした。

『手を伸ばせば届きそうな場所に娘はいたのに、私は全然知らずに無駄な時間を過ごしてしまった。こんな近くにいたのに……』

改めて知らされた皮肉な事実が可奈子の心を抉った。

『紗恵が死んだのは自己責任だと割り切って終わりにしてしまいたい』

それが偽らざる真意だった。しかし、直接死因である呼吸不全の原因となった癌の肺転移が急激に広がったのは紗恵が知美を連れて帰ってきた後かもしれないのだ。だから、可奈子が紗恵の異変にもっと早く気づいていれば、紗恵はもう少し長く生きられたにちがいない。

『これは、母である自分の落ち度である。紗恵の人生最後の貴重な一か月を、私が無駄にしてしまったようなものだ』

紗恵の病気に気づいたとしても結果は同じだっただろうとわかってはいても、可奈子にはそう思えて仕方がなかった。漠然とではあるが、可奈子は自分が償いをしなければならないと考えるようになっていた。

「ただいまーっ」

玄関から可愛い声が聞こえてきた。知美が圭太に連れられて帰ってきたのだ。

元気よく廊下から走ってきた知美はスポーツバッグの中身が出されているのを見て一瞬立ち止まった。可奈子は知美を引き寄せながら圭太に礼を述べた。

「圭太さん、いつもありがとう。お仕事があるのに知美をお願いしちゃって、奥さんにも申し訳ないわ。よろしくお伝えくださいね」

「うちは自営業ですから、すべて嫁さんと僕とで分担なんです。知美ちゃんはうちの太一の面倒をよく見てくれるので助かっているんですよ。太一より年下らしいのにお姉ちゃんみたいだって嫁さんも言ってます。こちらこそ、母がいつもお世話になって

「……」

するとと、愛子が嬉しそうに割り込んで言った。

「圭太が都内の事務所を辞めて、うちのダンナの事務所で一緒にやらせて欲しいって言ったとき、私たち夫婦はどうせ長続きしないだろうって言っていたんですよ。でも今じゃ、これが一番良かったかなって……フフッ」

可奈子は微笑みを返しながら、幸せそうな愛子を素直に羨ましいと感じている自分が哀れだった。そのとき、テーブルの上の年間パスを見つけた知美が声を上げた。

「あっ、トモミとママの切符だ！」

可奈子は今が尋ねるタイミングと感じて、知美を自分の膝の上に乗せて言った。

「知美ちゃんはグリーンセンターに行くのが好き？　ママと行ったの？」

「うん、そうだよ」

「車で行った？　それともバスとか電車とか？」

知美は不思議そうに首を横に振ってから答えた。

「ううん、ちがうよ。歩いて行ったんだもん」

可奈子の仮説は当たっていたらしい。驚いた顔をこちらに向けた愛子に目配せをしてから、可奈子は笑顔をつくって知美に言った。

「今度、知美ちゃんと私と愛子おばちゃんの三人でグリーンセンターに遊びに行かない？」

「いいよ」

知美はにっこりして答えた。


六月中旬の日曜日、診療所を閉じるための雑用が一段落した可奈子は知美と愛子を車に乗せてグリーンセンターに向かった。駐車場に車を駐めてからセンターの入り口に向かって歩き始めたとき、可奈子が知美に話しかけた。

「ねぇ、知美ちゃんとママが歩きでグリーンセンターに行くときもここを通ったの？」

「うぅん、そうじゃなくてね、向こう側から来たんだよ」

知美はそう答えてセンター入口の位置よりもさらに先を指さした。可奈子はごく自然に聞こえるように、慎重に尋ねた。

「それじゃぁ、知美ちゃんのおうちもあっちの方なんだね？」

「そうだよ。あそこのおそばやさんのとこ、まがるの……ほら、おうち見えるよ」

センターの入り口に着いたところで知美が先ほどと同じ辺りに顔を向けてそう言っ

たので、可奈子は気色ばんで聞き返した。

「えっ、ここから見えるの？　どこ？」

「あれ」

知美が指さしている方向には、銀色に輝く洒落た高層マンションが見えていた。

「あれじゃわからないわよ。どこ？」

つい詰問調になってしまった可奈子に対して、知美はつまらなそうに言った。

「はやく中に入ろうよ。グリーンセンター！　グリーンセンター！」

可奈子は考えた。この問答に飽きてしまっている知美から答えを引き出すのは至難の業だ。しかし、可奈子が今日ここに来たのは安達という男の居場所を探し出すためで、今が絶好のタイミングであることは間違いなかった。紗恵が帰ってきたときの様子から察するに、その場所が、庶民の憧れるようなマンションや豪邸とは考えにくかった。何とかして知りたいと思いながら、可奈子はもう一度マンションの方に顔を向けた。すると、二棟の二階建てアパートが高層マンションの足もとに張り付くように建っていることに初めて気づいた。一棟はレンガ色、もう一棟は白色の壁だった。

可奈子は賭けに出た。

「知美ちゃんのおうちは、あそこの茶色い方？　それとも白い方？」

するとと知美は直ぐに答えた。

「白いの」

可奈子は愛子に目で合図をした。愛子が頷いたのを確かめてから、可奈子は屈んで知美に目線を合わせて言った。

「私はやらなきゃならないお仕事があるから、知美ちゃんは愛子おばちゃんと先に行っててちょうだい」

「うん、わかった。可奈子先生早く来てね。先に汽車に乗ってもいい？」

「もちろんよ。後で私も乗りたいから、知美ちゃんはもう一度乗れるわよ」

「わーい、すごい！」

知美は嬉しそうにピョンピョンして、愛子と手をつないで園内に入っていった。知美は振り返るたびに「じゃあね」「またね」「早く来てね」と、無邪気に何度も声を張り上げた。可奈子は胸にこみ上げる何かを感じながら二人の後ろ姿が見えなくなるまで見送った。


近くまで行ってみると、その白いアパートは隣のレンガ色のアパートよりもかなり古い建物のように見えた。側壁に洒落た字体で書かれた「カーサ・ビアンカ」（白い家）という文字が皮肉に感じられるほど汚れていた。一階の通路と二階への階段が別れる位置に上下四個ずつ八個の郵便受けが並んでいた。どの郵便受けにも記名はなく、部屋番号だけが記され、チラシがあふれ出して何枚かは床に散乱していた。

可奈子は一階の通路を進み、各室のドアに貼られた表札を確認したが、安達という名前はなかった。二階に上がってみると、手前二つのドアには関係ない名前の表札があり、三番目と四番目のドアには表札が出ていなかった。三番目のドアの前に立った可奈子は緊張のあまり息苦しさを感じながら、呼び鈴のボタンを押した。

室内で人の気配がして数秒後に、ドアの内側から返事があった。

「はーい」

それは女性の声だった。可奈子は不安に駆られながらドア越しに言った。

「あの……安達さん？」

「ちがいますけどー」

明らかに迷惑だと言わんばかりの答えの語気に、可奈子は圧倒された。

「失礼しました」

そう言って謝るのが精一杯だった。

四番目のドアの前に立つと、室内から男女の言い争うような声が聞こえてきた。可奈子が呼び鈴のボタンを押すと突然ドアが開き、同時に白熱した中国語の応酬が生のまま通路に流れ出てきた。そこに立っていたのは中肉中背の若い男で、奥から若い女性が顔を出していた。そして、意外なことに二人とも笑顔だった。聴き慣れない中国語の勢いに驚いた可奈子が喧嘩と勘違いしたらしい。一瞬ポカンとしてしまった可奈子に向かって、先に男が口を開いた。

「はい、なんですか？」

可奈子は注意深くゆっくりした口調で尋ねた。

「あのぅ、『あ・だ・ち』さんはいますか？」

すると男は振り返って、中国語で女に何か質問した。女の短い答えを聞いた後、男は可奈子に向かって言った。

「ア・タ・チさん、わからないねぇ。知らない名前」

「そうですか。ありがとうございました」

可奈子が礼を述べると、相手はそれに合わせるようにぎこちなくお辞儀をしてドアを閉めた。

安達という人物がすぐに見つかるものと考えていた可奈子は落胆した。思ったほど簡単ではなさそうだ。振り出しに戻ってしまった。このアパートではなかったのか……？　さしあたって次にするべきことが頭に浮かばないので、彼女はとりあえず戻ることにして踵を返した。

力なく視線を足元に落とした可奈子は、引き返そうと歩き出しかけたところで突然立ち止まった。通路の床面に落書きのようなものが微かに残っていたのだ。目を凝らして消えかけた絵を辿った。楕円形の輪郭に大きめの目と小さな鼻と笑う口がある顔の絵だ。その顔から直接伸びたひも状の手足が陽気に踊っていた。胴体と髪の毛はなかった。可奈子はうなじから頭頂部にかけて髪の毛が逆立つのを感じた。これは間違いなく知美の描いた絵だ！

それは三番目のドアの前だった。


可奈子は呼び鈴を強く押し続けた。すると先ほどの女性の声が言った。

「『はい』って言ってるじゃない。いったいなんなのよ」

ドアが開いて、不快感をあらわにした茶髪の若い女が現れた。狭い玄関スペースに出しっぱなしになっている数足の履物のうち、少なくとも一足は男物のサンダルだった。可奈子はその女の肩越しに室内を一瞥し、部屋の中にも聞こえるような大声で言った。

「紗恵のことで安達さんにお話があります……私は紗恵の母親です」

すると茶髪の女は鼻でせせら笑って、咬みつくように言った。

「その女がどうしたって関係ないね！」

女にドアを閉められてしまわないように可奈子は一歩踏み込んだ。可奈子の真剣そのものの顔は仮面を被ったように無表情で、身体からは捨て身を思わせる凄みが漂っていた。茶髪の女は可奈子の気迫に少し怯んだように見えた。女を押しのけるように身を乗り出して、可奈子は部屋の中に向かって言い放った。

「紗恵は死んだわ……死んだのよ」

可奈子の低く震える声が部屋の奥へと漂いながら拡散していった。

辺りは静まりかえった。

数秒後、三十代と思われる男が奥から顔を出した。可奈子は男に言った。

「森山紗恵をご存じですよね、安達さん」

「知りませんね、人違いでしょう」

男はそう言って視線を逸らせた。

可奈子は思った。

『なぜ関係を否定するのだろう。この男は知美の養育を押し付けられるのが嫌なのではないか。もしそうならば、知美を手許に置きたいこちらにとっては願ってもないことだ。でも、落ち着いて……結論を急いではダメ』

可奈子は一呼吸おいてから男に言った。

「とぼけないでください。紗恵はもういないけど、知美をここへ連れて来ればあなたが誰かはすぐにわかることです」

　可奈子は男の視線をとらえると、わざと声のトーンを下げて付け加えた。

「それから、あなたが小さな知美に何をしたかも言いましょうか？」

　男の顔色が変わった。すると女がすかさず割り込んで男に向かって言った。

「ねえ、このおばさん何なのよ、紗恵って？　知美って？」

　男は履物をつっかけてから振り返って女に言った。

「ちょっと外で話してくる」

　女は不服そうに口を尖らせて何か言おうとしたが、その前に男はドアをバタンと閉めてしまった。


　男はアパート前の駐車場に立つと煙草に火を点けて、煙を吐き出しながら言った。

「だいぶ具合が悪そうだったけど……やっぱり病気だったんですか？」

「ええ」

　可奈子はそう答えただけだった。目の前で煙草をふかしている安達が、紗恵の最期を語り聞かせるほどの価値のある人間には見えないことが残念でならなかった。可奈子は頭から感傷を追い出して、話の本題に入った。

「私が知美を引き取って育てます。ですから、父親の安達さんには親権放棄の文書と私への委任状を作成していただきたい……後になってゴタゴタしたくありませんから。お見受けしたところ既に新しいパートナーがいらっしゃるようですし、安達さんにとってはいい話だと思いますが、いかがでしょう」

安達は片足のサンダルの裏で煙草を消して吸殻を近くの側溝に投げ入れた。彼にしてみれば、紗恵の母を名乗る女が突然現れて上から目線で勝手なことを一方的にしゃべっているのがとにかく不愉快だった。安達は可奈子に対抗するように胸を張った。それからクスッと鼻先で笑って言った。

「紗恵がね、よく言ってましたよ……お母さんはいつも完璧でミスを許してくれないコワイ人だって。だから頼るのは絶対嫌なんだって……まったくその通りだ。アンタみたいな偉い先生から見たら、僕なんかクズに分類されちゃうんだろうけど、紗恵が働けなくなってからは、僕一人の稼ぎで養ってやったんですよ、紗恵と知美を……だから感謝してほしいくらいなんですけどね。そうやって責めるような目で見ないでくださいよ。あのね、何か勘違いしてません？　紗恵は病気で死んだんでしょ、僕のせいじゃない」

可奈子は怒りに震えた。安達を粉々にして踏みつけにしてやりたいと思った。なぜなら、この安っぽい男の言っていることが全部事実だったから……。さりとて、それを素直に認めることはプライドが許さなかった。可奈子は安達の挑発を無視して言った。

「それは……もしかしてお礼を要求していらっしゃるの？　驚きだわ。おとなしくこちらの言う通りにしていただけないなら、あなたが知美に性的虐待をしているって警察に相談するわよ」

二本目の煙草に火を点けようとしていた手が止まった。安達は、その煙草をパッケージに戻してから話し始めた。薄ら笑いは消えて真顔だった。

「今のは脅しっていうことかな？　アンタ、いい度胸してるよ。そういえば紗恵もそういうとこあったなぁ……やっぱり親子ですね。でも、彼女はアンタのこと嫌ってた」

自分の言葉が相手に突き刺さっているのを確かめるために、安達は正面を向いて瞬間的に可奈子の表情を読み取ろうとした。しかし、可奈子の仮面はそう簡単に剝ぎ取れそうになかった。彼は直ぐに顔を背けて大きな溜息をついてから話を続けた。

「紗恵と出会ったのは四年か五年くらい前だったかな……池袋のマッサージでさ……」

今度は可奈子の顔色が変わった。慌てた様子で安達の言葉を遮って尋ねた。

「ちょっと待ってよ。四年前って言ったら……知美は？」

安達は再び溜息をつくと両肩を竦めて見せ、先ほどよりも軽い口調になって答えた。

「そういうこと、つまり知美は僕の子じゃない。紗恵と付き合い始めたときには子どもがいるなんて知らなかった。ところが、ある日突然、小さな女の子を連れて転がり込んできたんだよ。子どもを段ボール箱に隠してたのがバレて店を追い出されたとか言ってたから……何日かのつもりで泊めてやることにしたんだ。それからなんとなくズルズルとね。今思えば変な話だよね。紗恵は知美を誰にも預けようとしないからクビになったんだろうけど、それは僕と暮らすようになってからも変わらなかった。実際、紗恵の知美への執着はハンパなくて、僕は正直なところ不愉快だったね。母親が子どもを命懸けで守るっていうことに反対はしないけど、そういうのが家族の幸せっていう押し付けは御免ですね。ようするに、男にとって他の男の子どもなんて目障りなだけ……。それからついでに言っておきますけど、僕はちょっとイタズラしてみただけで、子どもと『する』のが趣味なわけじゃない。ほら、どこかの国じゃ赤ん坊までレイプされるって記事を見るじゃないですか。興味があったんですよ。それに、紗恵の具合が悪くなってからは、けっこうチャンスがあったんでね……」

　安達は改めて煙草に火を点けた。燻らせた煙を眺めてから、再び話し出した。

「四月の初め頃だったかな……紗恵は知美を連れて突然いなくなった。郵便受けに鍵が置いてあったから、もう戻ってこないつもりなんだろうと思いましたよ。これで全部。わかったでしょ」

可奈子は安達の屈折した性行動とその言い訳に対する怒りを必死に抑えていた。ここで喧嘩になってしまえば、今一番欲しい情報を手に入れそこなってしまうと思ったからだった。ただ一つだけ、紗恵と知美の母子関係を表現するときに、『愛情』ではなく『執着』という言葉を安達が使ったのは印象的だった。なぜなら、可奈子も同じように感じていたからだ。紗恵は知美を常に見える位置にいさせようとしていた。母親ならば我が子を自分の監督下に置きたいと考えるのは普通のことではあるが、紗恵の場合は行きすぎているようにも見えた。実際、幼少期の紗恵に母親らしい視線を注がなかった可奈子に対して、紗恵は今頃になってこれ見よがしに非難しているのかと疑うほどだった。

「じゃっ」

そう言ってアパートに向かって戻りかけた安達の前に立ちはだかるようにして可奈子が言った。

「待って……、紗恵の持ち物をいただきたいの。運転免許証とか母子手帳、それからケータイは?」

安達は立ち止まり、怪訝な表情を浮かべて答えた。

「そんなの知りませんよ。紗恵は自分で持ってなかったんですか？」

「嘘よ！　一緒に暮らしていたのだから、知らないはずないじゃない。ごまかしてるでしょ。隠さないでよ」

「嘘じゃない。だいたいそんなものを僕が持っていて何の役に立つんですか？　疑うなら家探ししても構いませんよ」

安達の言う通り、彼には紗恵と知美のＩＤを持っているメリットはない。可奈子は質問を変えることにした。

「それなら教えて……、ここに来る前、紗恵が何処で誰と暮らしていたか知らない？」

安達の眉が上がった。彼は勝ち誇ったように微笑み、ひっくり返った声を発した。

「この僕が知るわけないでしょ。アンタ、そんなことも僕に訊くわけ？　娘から聞いてないんだ？　聞かせてもらえなかったんだ……母親のくせに」

可奈子の完敗だった。悔しさと悲しさがこみ上げて胸がいっぱいになった。可奈子は涙声になりそうなのをこらえて言った。

「それなら、せめてマッサージの店の場所を教えてちょうだい」

「池袋の北口近く、『ミンク』っていう店。まだあるかどうかは知らない」

可奈子は一度目を閉じてから、口ごもって尋ねた。

「あの……その店は、その……いわゆる性的サービスっていうのを？」

安達はフンと鼻を鳴らして答えた。

「ご想像にお任せしますよ。自分で確かめたらどうです。アンタみたいな世間知らずのオバサンは、今からでも少し社会勉強をした方がいい。そしたら、僕がすごくまっとうな人間だとわかりますよ」

安達は可奈子を避けるように一歩横へ踏み出してから足早に戻っていった。駐車場に敷かれた砂利の踏まれる音が遠退いていく……それが聞こえなくなるまで、可奈子は無言のまま背を向けていた。

愛子と知美の待つグリーンセンターに向かって歩きながら、可奈子は安達との不愉快な会見の一部始終を辿っていた。安達との暮らしは紗恵が本当に望んだものではなく、サバイバルのための手段だったように思われた。話を聞く限り、二人の間に愛情のようなものが存在したかどうかは甚だ疑問だった。にもかかわらず、紗恵は可奈子の元に戻るよりもあの男を選んだ。その事実が可奈子を揺さぶり続けていた。安達の放った『母親のくせに』という痛烈な一撃が頭の中をぐるぐる廻り、目に映る景色が滲んでかすんだ。可奈子は涙がこぼれ落ちないように空を仰ぎ、感情をぐっと呑み込んだ。

知美との約束通りにミニSLで一周した後、可奈子は愛子と共にベンチに腰かけて、ジャングルジムや滑り台で遊ぶ知美を見守りながら、安達とのやり取りについて愛子に語った。安達が知美の父親ではないと聞いて、驚いた愛子はたっぷり五秒間ほど口を開いていた。

「可奈子先生は紗恵さんの足取りを辿って池袋に行くつもりですか？」

心配そうな表情を浮かべた愛子がそう尋ねた。可奈子が頷くと、愛子は続けて言った。

「あの辺は怪しげな店がいっぱいあるそうじゃないですか。そんなところに一人で行っちゃいけません。危険すぎます。だいいち素人の可奈子先生にそのお店を探し出すことなんてできませんよ。ダメです」

「じゃ、どうすればいいの？」

愛子はしばらく考えてから自信なさげに呟いた。

「たぶん調査会社とか、探偵とか……」

可奈子は一度深呼吸して愛子に言った。

「愛子さんが心配してくれるのはよくわかる。行ってみたところで、その店を見つけることさえできないだろうって、私も思う。でもね、私は紗恵がどんな場所で生きていたのかをこの目で確かめたい……、知らなきゃいけないような気がするの。もう手の届かないところへ行ってしまったのよね……、だからこそ、今からでも紗恵のことを知りたい……すごく知りたい」

可奈子の目にうっすらと滲む涙を見て、愛子は思わず可奈子の肩に手をまわした。そして、自分も鼻をすすって言った。

「それが母親としての償いってことでしょうか……。私はそこまで徹底する必要はないと思いますけどね。知美ちゃんがいるんですから、紗恵さんの過去は忘れるっていうのも『あり』じゃないかしら？　でも、可奈子先生自身がそうしたいのだろうな、先生らしいなって、わかるような気もします。長年のお付き合いですから」

「ありがとう。愛子さんの気持ちは嬉しいけど、知美の戸籍を取り戻すためには、やっぱり向き合わなきゃならない……紗恵の人生と」

回想の街で

男が定年退職してから三か月が過ぎようとしていた。再就職した警備会社の不規則な勤務体系に馴染むまでに、さほど時間はかからなかった。新しい職場の完全アウェー環境に置かれてもマイペースのままで周囲に気を遣うタイプの人間ではなかったので、同僚からは付き合いにくい『新人』と認識されていた。警察官時代のしがらみが消えた解放感と理由なき脱力感は、一種の燃え尽き症候群を思わせた。燃え尽きるほどの大仕事を成し遂げたわけでもないのに……と考えては、一人苦笑する毎日だった。

もし家庭を持って息子とか孫とかいたら人生観は変わっていただろうか……そんな想いが過ることもあったが、べつに後悔はしていなかった。もともと女性に関心がなかったわけではなく、面倒なことは避けたいという気持ちが強かっただけだ。世話好きな上司から見合いの話が何度かあったものの、四十五歳を過ぎてからは声もかからなくなった。そして、気づいたら年をとっていた。老域に達したことを嘆くわけでもなく、ただ黙々と日々を過ごしていた。一人暮らしが当たり前になると、これほど気楽なことはなく、不自由を感じることもなかった。

板橋事件の「けじめ」はついたと納得したつもりだった。事件の鍵を握る人物の死によって事実上の幕引きがなされた後も、自分はいつでも動き出せるように心のエンジンを温め続けてきたのだから、手は尽くしたと考えるべきだと思っていた。しかし、非番の日にはいつの間にか板橋や池袋界隈に足の向くことが多かった。そうすることで新たな情報が得られるわけではないとわかってはいるものの、自由に使える時間が増えたこの頃は、有り余る時間に逆に圧迫されているような焦燥感が「何かしろよ！」と言わんばかりに男を突き動かすのだった。


休日の昼下がり、男は池袋駅西口を出て北に向かって歩いていた。北口の前を通り過ぎて、小さな居酒屋やスナックが軒を連ねる路地へと進んで行った。平日の昼間は息を潜めているような静けさに包まれているが、ここは夜毎眠りから覚めて様々な色に染まる街だ。

路上に舞い降りた数羽のカラスは、人が近づいても警戒する様子もなくゴミを突いている。前方数十メートル先、そのカラスを恐々避けて歩く中年の女性が目に留まった。気になったのは、その女性の近くにはカラスだけでなく素行の悪そうな若者が三人ほど不自然にぶらぶらしていることだった。目立たないように女性との距離を縮めて注視していると、若者たちが一瞬目配せをした。そして、一人がパーカーのフードを目深にかぶり、滑るように女性の背後に近寄っていった。

『奴ら、間違いなく一仕事するつもりだ』

ひったくりが行われると確信した男は足を速めた。

数秒後、女性の斜め後ろに最接近した若者は素早く流れるような動きでバッグに手を伸ばした。しかし、若者はハッと驚いた様子で振り返って顔を上げた。追いついた男の手が一瞬先にバッグを押さえていたのだ。慌てて手を引っ込めた若者の胸ぐらを摑んで男は言った。

「消えろ」

他の二人は既にいなくなっていた。バッグを奪おうとした一人も男の手を振り払って逃げていった。

呆然としている女性に男が言った。

「奴が自分の顔を隠すためにフードを被ってくれたおかげで、こっちは気づかれずに追いつくことができました。もし、そのまま一気に実行されたら間に合いませんでしたよ。怪我はありませんか?」

「ええ、大丈夫だと思います」

女性は強張った表情のまま答えた。上品なアンサンブルスーツに高価そうな本革のパンプスと有名ブランドのバッグという出で立ちは、灰色に沈む街角で異彩を放っていた。

「この辺はあなたのような御婦人が一人で歩くところではありませんよ。危険に気づく程度の緊張感は持っていないといけませんね。少なくとも、その高そうなバッグはしっかり握って身体の前にくっつけて持ってください。そんなふうに腕に掛けていたら、盗ってくださいって言っているようなものだ。身を守る術を少し勉強した方がいい」

男の説教を聞くうちに、女性の目が挑戦的に吊り上った。背伸びをするように胸を張ると、女性は早口に反論を繰り広げた。

「私は目的があって歩いているんです。用があるから来ただけ、なければ来ませんよ、こんな場所。私は分別ある年齢であると自覚していますから、世間知らずの間抜け扱いをされては心外です」

男は表情を変えずに答えた。

「間抜けかどうかは知りませんが、若い娘より金を持っていそうに見えます」

それを聞いて、女性は応戦するように何か言いかけたが、男と視線が絡むと、急に気が抜けたようにフッと笑みを浮かべて言った。

「あなた、友達いないでしょ」

「そうかもしれません」

今度は男も笑いながら、そう答えた。女性はバッグを確かめるように持ち直して言った。

「数日前にも初対面の男から同じようなことを言われました。それも、チンピラに毛の生えた程度の三十がらみの……。私に向かって『社会勉強が足りない』みたいなことをですよ……、可笑しいでしょ。この年になって、どうしてこんなことを言われなきゃならないんだろうって思ったら、とても不愉快でした。私には一人で頑張ってきた誇りがあります。でも、先生って長年呼ばれ続けているうちに世間とは違うところで生きるようになっていたのかもしれないなぁって……」

女性は思い出したように再び背筋を伸ばして続けた。

「助けていただいたお礼を申し上げませんでしたね……、ごめんなさい」

「なかなか客観的な自己分析に敬意を表します。ところで差し支えなければ、この場所にいらした理由をお聞かせいただけませんか？」

男の質問に対して、女性は怪訝な表情を浮かべて答えた。

「どうしてそんなことをお聞きになるのかしら。もしかして、あなたも客引きか何か?」

男の両眉が吊り上り、たっぷり二秒間ほど口が半開きになった。こんなにユニークな切り返しをする女性は初めてだった。意外に頭が良いのか、それとも単に浮世離れしているだけなのかよくわからなかった。彼は急いで財布から名刺を取り出し、その裏に数字を書きながら言った。

「あぁ、怪しい者じゃありません。ここに携帯の番号を書いておきますから、何か困ったことがあったら電話ください」

「あらっ、警察の方? 吉原和人さん」

名刺の表を見た女性が目を丸くして言った。

「いえ、それは古い名刺なんですよ、今年、定年退職しました」

それを聞いて、女性は嬉しそうに言った。

「それなら昭和二十八年でしょ。私は三十年なんだけど、早生まれなので学年は二十九年と一緒なの、同世代だわね……名前は森山可奈子、もう引退しましたけど浦和で歯科医院を開業してました」

世の女性は自分から年齢を言わないのが常識と思っていた吉原は、何の抵抗もなく生まれ年を明らかにされたことが不思議だった。『変わった女だな』と思った。

「駅までお送りしますよ」

吉原の申し出に対して、可奈子は首を横に振って答えた。

「結構です」

可奈子は踵を返して一歩踏み出そうとしたが、ふと足を止めて言った。

「あの……ちょっと見たところよくわからないのですけど、この辺りには風俗のお店があるのかしら、マッサージとか……」

出で立ちとはちぐはぐな素朴かつストレートな質問に吉原は吹き出しそうになったが、この『変わった女』はバカにされたと感じるにちがいないと思い、笑いをこらえて事務的に答えることにした。

「取り締まりが厳しくなりましてね、この十年間で風俗の多くは地下に潜ったんですよ。だから、昔のようなそのものずばりの店構えはほとんど見ませんね」

「地下に潜るって？」

「最近は新宿歌舞伎町もこの辺もデリヘルが主流ですから、事務所代わりに使えるアパートかマンションの一室があれば十分なんですよ」

そこで小さな溜息をついた吉原は続けて言った。

「聞くところによると、十五万ほど出せば中学生が買えるそうです。呼び名は今様に変わりましたが、いわゆる援助交際ですよ。これを巻き込んだ組織売春が行われているということです」

「そうですか」

可奈子は灰色に霞む道の彼方に視線を投げて呟くように答えた。それから何か思い立った様子で再び口を開こうとしたとき、吉原の携帯電話が鳴った。タイミングを外された可奈子は、電話に応えようとしている吉原の視界の端で挨拶代わりのお辞儀をしてその場を離れた。


まだ話したいことがあったらしいな……、呼び止めるべきだっただろうか……そんな思いが残り香のように漂う中、吉原は遠ざかっていく可奈子の後ろ姿を見送りながら応答した。

「はい」

「もしもし、吉原さん？　鳴海です」

声の主は彼の荷物を送ってくれた若い後輩刑事だった。

「おぅっ、元気でやってるか」

鳴海は挨拶もそこそこに声を潜めて言った。

「吉原さん、大変ですよ。妹尾義彦が殺されました」

妹尾義彦は未解決の板橋事件で自殺を遂げた妹尾今日子の夫である。その名前を聞いた吉原は側頭部の頭髪がじわっと逆立つのを感じた。

「そんな……」

そう言ったきり、言葉が出てこなかった。

「……もしもし、吉原さん聞いてます？　今のところ七年近く前に起こった板橋事件と今回の妹尾殺しは個別の案件として扱うことになりました。でも、妹尾はあの事件の主要な関係者ですから、どうもまずいですよ……。上は責任問題になるのを恐れて板橋事件を蒸し返したくないみたいですが、皮肉なことに唯一の関係者だった妹尾が殺されて、そうもいかなくなったみたいです」

「いったいどうなってるんだ……、それで犯人は？」

「まだわかりません。遺体は自宅マンション裏手の路上で今朝発見されましたが、死亡したのは昨夜遅くから今日未明の間らしいです。犯人は逃走中で、凶器もまだ見つかってません。争ったらしい形跡はありますが、最後は包丁のような刃物で肺と心臓の一部を一突きですから、素人ではないかもしれませんよ」

「わかった」

吉原が話を終わろうとすると、鳴海は慌てて言った。

「あのぅ、これだけいろいろ情報を回したんですから、何かわかったら教えてくださいよ。お願いします」

「わかってる」

電話を切って歩き出そうとした吉原の前を一人の女が横切った。年齢は三十代、若い女性が好みそうなミニワンピースを着ていた。可愛さを強調したデザインが似合っているようには見えなかったので、先ほどまでここにいた可奈子の上品な服装とは対照的に感じられた。

視線を逸らせたまま行こうとした女の背中に吉原は声を掛けた。

「元気か？」

女は振り向いて表情を変えずに応えた。

「元気よ。今はまともに働いてるの……、邪魔しないでよ」

女の名前は谷本由香里、過去に風俗店の一斉摘発で連行された経歴があった。三十を過ぎた女がこの業界で生きていくのは苦労が多いはずだ。吉原は急に由香里のことが不憫に思えて、歓迎されていないことを承知で話し続けた。

「邪魔はしないよ、こっちは定年退職だ。そっちはまだあの店、『ミンク』にいるのか？」

「うん、マネージャーの助手してるの。ちゃんと合法的に営業してるよ」

「そうか、身体大事にしろよ、じゃあな」

うつろう残像

「おかえりなさーい！　可奈子先生おみやげは？」

可奈子が玄関の鍵を廻してドアを開けると同時にダイニングから知美が仔犬のように飛び出してきた。その後ろから愛子が声を掛けた。

「相変わらず可奈子先生って呼ばせているんですね。お留守の間、こちらは平穏でしたよ。お客様も電話もありませんでした」

「ありがとう。池袋なんてしばらく行かなかったから、知らないお店ばかりになっちゃって、もうほとんど迷子よ。デパ地下の広さと人混みにびっくりしたわ、とにかく何が何だか……よくわかんないけど、いろいろ買ってきたから愛子さんも一緒に食べてってね。時間あるでしょ？」

「はい、勿論ごちそうになります」

愛子は可奈子の疲れた表情が気になりながらも、笑顔でそう答えた。

既に食料品の袋を獲得した知美は、次々に包みを開けては歓声を上げた。

「すごーい！　たい焼きもあるよ！」

知美を寝かしつけた可奈子がダイニングに戻ると、帰り支度の手をとめて愛子が言った。

「何かわかりました？」

可奈子は首を横に振って食卓の椅子に腰を下ろした。愛子が手に持ったバッグを再びソファに置いて正面に座ると、可奈子は口を開いた。

「愛子さんの言う通りだった。ただ何となく行ってみても紗恵のことを知っている人を見つけることなんて不可能だってわかった」

「そうですか……。それで、これからどうします？」

可奈子は気の抜けた微笑を浮かべて愛子の質問を繰り返した。

「どうしたらいいのかしら？　何かとっかかりがあればねぇ……」

「安達という人が知美ちゃんの父親じゃないっていうのは本当なんでしょうか？」

「嘘はついてないと思うわ。父親なら、私が知美を引き取ることに応じるか拒否するか、どちらかの反応をしたはずよ……たとえ金銭目的だったとしてもね。でも、あの男は言った、紗恵と知り合った時には知美を連れていたと……」

可奈子の答えを聞いていた愛子は、何か思いついたように口を開いた。

「そうするとやっぱり横浜の！」

可奈子は沈んだ表情のまま首を横に振って言った。

「たぶん違うと思う。十年前に紗恵は横浜の人を追って家を出て行ったけど、ついこないだ訊いたときには、その人とは一〜二年で別れたって言ってた。知美が生まれたのは別れた後でないと年齢的に合わないわ」

愛子も、その線は消えたと考えて相槌を打った。ところが、可奈子は続けて言った。

「でも、それが本当かどうか確かめてみないと除外できないわよね。よしっ、横浜に行ってみる」

愛子はやれやれという顔をして言った。

「ただ横浜と言っても広いし……無理ですよ」

「たしかあの人の会社ならどこかに控えてあったはずなの……紗恵を連れ戻しに行くつもりだったたから。明日はそれを探すわ。もっと早く、十年前にそうするべきだったのよね……、私、どうして行かなかったのかなぁ」

自分の発した台詞を反芻するように、可奈子は三度ほど頷いた。目に溜まった涙が今にも溢れそうだった。その姿を見て、愛子は言葉を掛けることができなかった。

三日後、可奈子と知美は御茶ノ水駅に降り立った。知美は電車を乗り継いでの『お出かけ』に最初は大はしゃぎだった。

「可奈子先生の大学はどれ？」

改札を出て、目の前に林立する大学病院のモダンな高層ビルに圧倒されたのか、戸惑った様子の知美が可奈子の顔を見上げて訊いた。

「橋の近く……ほら、あの建物。六階にある検査部の三雲先生のところに行くわよ。三雲先生と私は学生時代からの友達でね、今日は私が横浜に行っている間、知美ちゃんは私の母校で三雲先生と留守番よ」

「三雲先生はこの次にして、トモミも可奈子先生と横浜行きたいな……」

知美は急に立ち止まると不満そうに口を尖らせた。横浜で何が待っているのか知らなくても、知美はいつもと違う可奈子の緊張を微妙に感じ取っていた。しかし、可奈子は一緒に連れて行けない理由を幼い知美に話すわけにはいかなかった。そこで、できるだけ自然に聞こえるように言った。

「私はとっても難しいお仕事の話をしに行くの。その間、外に知美ちゃんを一人で待たせておくわけにはいかないでしょ？　今日は愛子さんが来れないから、三雲先生に知美ちゃんのことを頼んだの。帰りに丸善で何か面白そうな絵本と可愛い文房具を買いましょう……だから、いい子でいてね」

「わかった、なるべく早く帰ってきてね……約束だよ」

「オーケー」


病理検査室の開いているドアのネームプレートが在室になっているのを確かめた可奈子はノックの代わりに部屋の奥に向かって呼びかけた。

「麻里子いる？　来たわよ」

すると声だけが返ってきた。

「いらっしゃい。どうぞ、その辺に座って……この細胞診、終わらせたいから、ちょっと待っててね」

部屋の中へと進むと、三雲麻里子はこちらに背を向けたまま顕微鏡を覗いていた。机の上には割り箸くらいの太さの木材の枠組みに厚紙を張り付けたA４サイズのトレーが何枚も雑に積み重なった山がいくつもできていた。それぞれのトレーには板ガムより少し大きいくらいのガラス板が二列に並べられており、麻里子はそのガラス板を順番に取り替えては顕微鏡にセットして接眼レンズを覗き込んでいた。

　知美は初めて見る検査機器や色とりどりの試薬類に心奪われていた。部屋の一角では、二人の学生と思しき若い女性が仕事をしていた。片方の学生が枠にはめた剃刀の刃のようなものを五十センチほどの長さのレールに乗せて滑らかに手前に引くと、そこに固定されていた白い蠟の塊から透けるほど薄い切片がシュッという滑走音と共にふわっと現れた。学生はその切片を慎重にシャーレの水に浮かべた。次にトレーに並んでいたのと同じガラス板の中ほどに位置するように切片を丁寧に水面からすくい取り、余分な水分を除いて仕切りのある金属製のカゴに入れた。そのカゴには同じように蠟の切片を張り付けたガラス板が何枚も入っていた。もう一人の学生は大きな流しの前に立っていた。そこには赤や紫色の液体が入った四角いビーカーのようなものが整然と並んでいた。学生は切片を張り付けたガラス板のカゴをそのビーカーの中に入れて、カシャカシャと上下させては隣のビーカーに移す作業をしていた。

『おねえさんたちと色水遊びしたい！』

　知美はオシロイバナで色水を作るのが大好きだった。知美の心の声が聞こえたかのように、麻里子が顔を上げて言った。

「知美ちゃん、びっくり顔してるね。あっちのおねえさんはミクロトームっていう器械で検体を薄切《はくせつ》して、そっちのおねえさんは染色をして顕微鏡標本を仕上げているところ……面白そうでしょ？」

「うん」

麻里子は知美の返事に頷いて机の上のトレーの山を一つ退けた。そこに現れたノートパソコンに診断を打ち込んでから続けて言った。

「今日は知美ちゃんにも手伝ってもらおうかなぁ。ただ、ここには危険なものもたくさんあるから、手を出す前に触ってもいいか必ず聞いてね」

「うん、わかった」

「ゲーム機は禁止よ」

「持ってない」

麻里子は驚いた顔を可奈子に向けて言った。

「うちの姪の子どもは小学一年生だけど、どこに行くときもゲームを手放さないわよ。一緒にいても親はスマホで子どもはゲーム、親子の対話なんて皆無だわね。家族としての体裁は整っていても、実は崩壊してることに気づいてないだけ……。ところで知美ちゃんはこれから小学校って聞いたけど、上の乳前歯一本が抜けてるし、となりの一本もぐらぐらして抜けそうだね」

「そうなのよ、今の子は身体も大きいし歯の生えかわる時期も早くなってるから」

可奈子の答えに頷いたものの、麻里子はやや腑に落ちない様子で言った。

「それにしてもこれから六歳になる子にしてはちょっと早くない？　まあ、いいや。ともかく、夕方まで預かるから安心して」

およそ一時間後、知美を麻里子に託した可奈子は桜木町駅の動く歩道の前に立っていた。

十年前に紗恵が家出をするきっかけになった黒石隆文は現在も当時と同じ地元の不動産会社に勤めていた。小さな会社らしく、電話に出たのは本人だった。可奈子が名前を告げると、黒石は一瞬沈黙したが会うことを拒否はしなかった。遠い過去から突然現れた可奈子に今の生活を破壊されるかもしれないと考えた黒石は、やみくもに拒絶してしまうと不利な立場に追い込まれる危険があると判断したのだ。待ち合わせ場所は黒石が指定した。ここは周囲が広く開放されているので、可奈子が本当に一人かどうかを先に確かめることができる。黒石は約束の時間よりも三十分近く前に駅に着き、動く歩道を遠巻きにゆっくり一周した後、自然に見えそうな場所に陣取ってスマホをいじくるふりをして様子を窺っていた。

可奈子と黒石は面識がなかった。平日の午前中とはいえ、駅前を行きかう人の数は少なくなかった。動く歩道の前に立った可奈子は傍を通り過ぎる男性一人ひとりを真剣に見つめ続けていた。約束の時間を十分過ぎたとき、五十メートルほど離れたバス停の柱に寄りかかってスマホをいじっていたサラリーマン風の男が可奈子に近づいてきた。その男は可奈子が到着したときには既にその場所にいた。

男が口を開こうとしたとき、待ちかねた可奈子が先に声を掛けた。

「黒石隆文さん?」

「ええ、森山さんですね。歩きながら話しましょう」

二人は海に向かって歩き始めた。目抜き通りに並ぶ高級ホテルの洒落た前庭に差しかかったとき、黒石が口ごもって言った。

「紗恵……紗恵さんは……その後お元気ですか?」

「死にました」

可奈子のぶっきらぼうな答えを聞いて、黒石は一瞬歩を緩めた。

「それは……その……、なんと言ったらいいか……」

黒石の動揺は演技ではなかった。可奈子は黒石の素直な反応に少しホッとした。そして、紗恵の最期を語った。真剣な表情で話に耳を傾けていた黒石は困惑を隠さずに言った。

「彼女は自分から出て行ってしまった。僕の前から消えたんです。でも、まさか、そんなことに……」

二人は日本丸の見える沿道に立ち止まった。可奈子は黒石が口を閉ざしてしまわないように、慎重に言葉を選んで言った。

「私は黒石さんを責めるために来たわけじゃありません。紗恵がこの街にいたときに何があったのか教えていただきたいの。紗恵は浦和に帰ってきたとき、小さな娘を連れていました。ところが大切なことを何一つ聞かないうちに、紗恵は死んでしまった。私の望みは紗恵の娘を手元に置いて育てること。そのために、こうして孫娘の出自を知ろうとしているんです」

黒石は即座に答えた。

「僕の子じゃありません」

「それはわかっています。でも、何か手がかりがないかと思って来ました。紗恵が横浜に来たとき、たしか黒石さんには奥さんがいらっしゃいましたよね？」

黒石が頷くと可奈子は続けた。

「私は紗恵のことを知りたいだけ……黒石さんにご迷惑はかけませんから、お話を聞かせてください」

黒石の顔に苦悩の表情が浮かんだ。考え込むように右手を額に当て、一度大きく息を吐き出して、彼は語り始めた。その物語に登場する紗恵は意外にも明るく幸せそうだった。

紗恵のアルバイト先だった都内の飲食店近くの物件を担当した黒石が店に立ち寄ったのが始まりだった。やがて紗恵は黒石が既婚者であることを知った上で、彼の住む街にやって来た。喫茶室のあるベーカリーショップのパートとして働くようになった紗恵は、近くの賃貸アパートに入居した。黒石はアパート探しに協力を求められたものの、金銭的な援助を一切要求しない紗恵に最初は戸惑った。紗恵は、金銭と絡むすべての事柄を除外してもなお心を占有するものが本物の愛情であると信じているようだった。それは金とねぐらが安易に得られる援助交際に身を任せた荒れた十代のトラウマでもあった。紗恵の心情を徐々に知るにつれ、黒石はその心も身体も少年のように奪われ、自宅にあまり帰らなくなった。

週末が忙しい不動産屋に勤める黒石の休日は不規則だった。紗恵はなるべく同じ日にパートの休みをとるようにしていたが、なかなか思惑通りにはいかないことが多かった。久しぶりに二人そろって休みの日の朝、紗恵が言った。

「奥さんは私のこと知ってるの？」

黒石は『いよいよ来るべきものがきた』と感じた。妻との離婚を迫られるものと覚悟し、身を固くして答えた。

「まだ話してない。けど、たぶんバレてる」

ところが、紗恵は思いもよらないことを言い出した。

「奥さんと別れないで……私は今のままがいい」

「えっ、でも僕は……いつかは紗恵ちゃんと……」

すると紗恵は満面の笑みを浮かべて言った。

「だから今のままがいいの。隆文の全てを私が知っている、つまり私は奥さんに勝った。それで十分だわ。私の目的は奥さんを不幸にすることじゃない」

「なんかわからないな、本心なの？　まさか、他に好きな人ができたとか？」

「こんなに満たされているって言ってるじゃない。愛されているって自信があるからすごく幸せなの。どうしてこんな気持ちになったのか、私にもよくわからないんだから、隆文がわからないのは当たり前だと思うよ。初めの頃はいつも考えてた……獣のように隆文を奪い取って、私が独り占めする快楽をね。でも、奥さんを引きずりおろして私が妻の座に就きたいわけじゃないの。だって、『結婚』は『夫婦です』っていうただの約束で、裏切りなんて簡単にできる……こうして私が証明したようなものだもんね」

黒石は困惑の表情を浮かべて言った。

「それって皮肉に聞こえる」

紗恵は右手の人差し指を黒石の唇に当てて、再び話し出した。

「隆文のことを気が狂いそうなほど愛してる……本当に。こうして二人で危ないことをしていると思うと、余計に燃え上がるの。あぁ、私は生きてるって感じることができる」

紗恵は黒石に身体を寄せて、その胸に向かって続けた。

「私のお父さんね、愛人と駆け落ちしちゃった。お母さんはお父さんを凄く軽蔑してた。憎んでいたのに……、うぅん、憎んでいたから離婚に同意しなかったのかな。とにかく愛人に負けたことを認めたくなかったのよ、何でも完璧でないと我慢できない人だから。お母さんは私のことも軽蔑してた。私、勉強嫌いだったから……頭悪いの。お母さんは勉強できない子が大嫌いなのよ」

「そんなことはないよ。だって母親だろ？」

「隆文にはわからないよ。私、お母さんから愛されてるって実感したことないもの。あの人はね、自分は成績優秀で失敗したことがないの……ダメな人の気持ちが理解できないのよ。失敗を許せない人なの。お母さんはね、自分の子どもがこんなバカなはずはない、これはお父さんのせいだって考えちゃう人なの。だから私は飛び出した。そうすればお母さんも気づくでしょ、完璧なはずの自分が子育てを失敗したって……」

自身を傷つける言葉を発することで急激に感情が高ぶった紗恵は、話を続けられなくなった。顔がこわばり口角がわなわなと震えていた。痛々しく崩れた表情が悲しみのためなのか怒りによるものなのかわからないまま、黒石は紗恵を強く抱きしめて彼女の言葉を遮るように呟いた。

「もういいよ、何も言わなくて。もういい……」

紗恵が微睡みから覚めたとき、南西の窓に掛かるレースのカーテンが午後の日差しを受けて銀色に輝いていた。隣の建物との境界に植えられたハナミズキの小枝が夏の微風に揺れ、カーテンに幻想的な影絵を描き出していた。そこには、時折はるか遠くを走る車の音以外には何も聞こえてこない幸福な静寂が漂っていた。紗恵は、この限りなく私的な時間が一秒でも長く続くことを願った。

隣で乱れたシーツにくるまって眠っている黒石の鼻筋を自分の鼻で愛撫しながら、紗恵は彼が目を開けるのを待った。

「あぁ、眠っちゃったみたいだ……」

そう言って黒石がもう一度抱こうとすると、紗恵は天井を仰ぐ姿勢のまま両腕を伸ばして唐突に言った。

「赤ちゃんが欲しい！」

「えっ、さっきは今のままがいいって言ってたよ。なんか矛盾してない？」

混乱した黒石が起き上がってそう尋ねると、紗恵は首を横に振って言った。

「してないよ。今のままがいいし、赤ちゃんが欲しいの」

「そんなの無理だよ。お金もかかるし……」

「大丈夫よ。この世の中にはシングルマザーがたくさんいるじゃない……私にだってきっとできるよ。私は立派に子育てしてみせる、お母さんみたいに見捨てたりしない。隆文に迷惑はかけないから……ねぇ、いいでしょ？」

「迷惑かどうかの話じゃないよ。僕は紗恵ちゃんのことが心配なんだ。やめた方がいいよ」

「やめない、絶対、赤ちゃん！」

黒石は溜息をついて海面に視線を投げた。手をつないだ若い男女が通り過ぎるのを待って、可奈子は話の先を促した。

「それから？　どうなったんです？」

回想の中からフッと我に返ったように、黒石は目を瞬いて言った。

「それから……、彼女は今のままがいいって言ってましたが、本心じゃないだろうと僕は思いました。もし紗恵さんに子どもができたら、妻とは離婚しようと僕も覚悟を決めました。でも、意外なことに、それから一年近く経っても紗恵さんは妊娠しなかったんです。よほど欲しかったんでしょうね、子どもができないことで彼女は酷く神経質になって……」

海側から可奈子の方に向きを変えたものの、目を合わすことができずに下を向いた黒石は少し口ごもって続けた。

「どんどん追い込まれていくようで、毎日とても悲しそうでした。そして、笑わなくなりました。僕は慰めようとして、子どもなんかいなくてもいいじゃないか、僕は紗恵ちゃんがいてくれるだけでいいって言ったんですが、逆効果だったみたいで……。

それからは何となく今までとは違った二人になってしまいました。だんだんギクシャクおかしくなって、暫くして、彼女はアパートを引き払って出て行きました」

紗恵が自分からアパートを出て行くことになった決定的理由は語られなかった。黒石は何かを隠している……そう感じた可奈子は黒石の顔を覗き込むようにして尋ねた。

「それだけ？　本当にそれだけの理由で別れてしまったの？」

無言の数秒間が流れた。もうこれ以上は待てないと思ったとき、黒石が口を開いた。

「妻が妊娠したんです……」

可奈子は直ぐに訊いた。

「まぁっ、呆れた！　まさか、それを紗恵に伝えたの？」

「ええ、騙したと思われたくなくて話しました。でも、話したことを後悔しました。今でも後悔しています。可哀想なことをしてしまいました」

可奈子は紗恵を深く傷つけた黒石を即座に責めたかった。娘を騙した悪い男だと思いたかった。しかし、母親としてこの男の責任を問うことができるだろうか……、母親ならもっと前にできることがあったではないか。紗恵が死んでから、この数か月の間に、可奈子は自分を支えてきた誇りが音をたてて崩れていくのを感じていた。今なお紗恵と別れたことを後悔し、彼女を可哀想に感じている黒石の方が可奈子よりも紗恵を理解していたのかもしれない。心の中に振り上げた拳は、いつの間にか下がっていた。

　黒石の目に涙が滲んでいた。可奈子は思った。

『黒石はそれほどワルではなさそうだ。紗恵と黒石がもっと違う形で出会っていたらよかったのに……』


　そろそろ話を切り上げようとして、可奈子は別れの挨拶の代わりに何気なく尋ねた。

「それで、黒石さんの奥様とお子さんはお元気？」

　これが最後の質問になることを予期した黒石は、背筋を伸ばして可奈子に向き合った。そして、今度こそしっかりと目線を合わせて答えた。

「別れました。実は……僕の子どもじゃなかったんです。まったく疑っていなかったので驚きました。最近はＤＮＡ検査が安く簡単にできるようになって……、結果を見せられても信じられませんでした。今さら何を言っていると思われるでしょうが、妻から裏切られていたんだって実感しました。それでも……パパと呼んでくれる息子のために、僕は良き父親であり続けたいと望みました。でも、妻の方から別れたいと言われたんです。後でわかったんですが、今は子どもの父親と一緒に住んでいるらしいです。僕はいったい何だったんだと思うと情けないです」

黒石は力なく笑って付け加えた。

「紗恵さんの笑顔を思い出すと心が痛いです。僕は出て行った彼女を探しませんでした。家庭を壊す勇気がなくて、簡単に諦めてしまったんです。僕は今、その罰を受けているのだと思います。結局、紗恵さんと家庭の両方を失いました」

『あぁ、なんと皮肉な結末だろう』

可奈子はそう思いながらも、紗恵の足取りを辿り始めてから初めて心の凪を感じていた。紗恵にも幸せな時間が少しはあったらしいとわかって、自分も救われた気分だった。

『本当に好きだったのね、紗恵のこと……。ありがとう』

心の中で呟いた可奈子はその想いを込めて会釈した。

一歩行きかけてから、可奈子は慌てて振り向いて言った。

「別れてから紗恵が何処に行ったか、ご存じ？」

「いいえ、すみません」

　お茶の水の大学病院に戻った可奈子が検査部の中を覗くと、検査技師用のキャスター付き丸椅子の上で知美がクルクル回っていた。可奈子に気づいた知美は椅子から飛び降りて嬉しそうに駆け寄ってきた。そして、ぴょんぴょんしながら得意げに言った。

「トモミ　おおがた！　おおがた！」

「えっ、なんのこと？」

　可奈子が戸惑ってそう訊くと、部屋の奥から麻里子が出てきて言った。

「O型っていうこと。さっき、もう一本の前歯が抜けてね、一滴血が出たんで知美ちゃんと実験したんだよねー」

「ねー」

　再びぴょんぴょんする知美の両肩にポンと両手を置いて跳ねるのを止めさせてから、麻里子は言った。

「血液型検査の依頼があって、ちょうど試薬と器具が揃っていたから知美ちゃんの血液型検査しようってことになったわけ」

　すると知美が話に割り込んで言った。

「実験したんだよ！　黄色い水も青い水も塊ができなかったんだよ。実験面白い！」

「そう。オモテ検査で、抗A血清・抗B血清ともに凝集しなかった。だからO型だね」

麻里子の説明に可奈子は思わず呟いた。

「そんなはずな……」

可奈子の顔を覗き込んで、何かを察した麻里子が言った。

「なんなら、ちゃんと採血してウラも確かめようか？　それとも何日か待てるなら隣の研究室にDNA検査を頼んであげるけど、どうする？」

可奈子は笑顔に戻って即答した。

「いいの、いいの。なんでもないから。とにかく知美を預かってくれてありがとう、助かった。今度、お礼するからね」


知美の母親である紗恵の血液型はAB型だった。父親がO型だったとしても、子どもはA型かB型のどちらかになる。つまり、O型の子どもが生まれることは絶対にありえないのだ。

『いったいどういうことなの……』

可奈子はつかみどころのない不安に襲われ、うなじの毛が逆立つのを感じた。

亡霊の行方

鳴海からの電話で妹尾が何者かに殺されたことを知った吉原は、これまで抱いてきたモヤモヤが目に見える影となって現れたことを確信した。

『板橋事件はまだ終わっていない』

捜査線上に浮かんでこなかった人物がいるにちがいない。


板橋事件とは、平成十八年夏、妹尾の妻、今日子が商店街で買い物中に生後九か月の子どもを何者かに連れ去られたことに端を発する。目撃証言も犯人の遺留物もなく、捜査は難航した。妹尾夫妻のどちらかに恨みを懐く人物に関しては、夫の女性関係に至るまで詳細に情報収集されたが怪しい人物や犯人に結び付きそうな事案は浮上しなかった。犯人側からの連絡はなく、警察は公開捜査に踏み切ったが進展のないままに数か月が過ぎた。その頃、警察は母親の自作自演つまり狂言誘拐の方向に舵を切り始めた。夫婦仲や借金の金額にまで及ぶ度重なる任意の事情聴取により今日子は自信を失い、事件当日の説明は次第にあやふやになっていった。衣料品店の二階売り場に下着を買いに行った数分の間に、階段下のベビーカーの中で眠っていた子どもがいなくなったという話は説得力に欠けるとみなされたのだ。そして、その年の十二月、今日子はマンションの十四階から投身自殺を遂げた。失踪した子どもの性別は女の子、行方はその後も不明のまま今日に至る。

自室に戻った吉原は常盤台交番の坂本から預かった手帳を取り出した。メモの日付は板橋事件発生当日の平成十八年七月十八日から始まり平成十九年一月で終わっていた。

事件の通報者は妹尾今日子、本人だった。所轄署経由で連絡を受けた坂本は刑事よりも先に衣料品店に到着した。そこは昭和四十年代に建てられた古いビルで、一階と二階が店舗、三階から五階が賃貸アパートとして使われていた。アパート側にエレベーターはあったが、店舗用エレベーターの設置はなく、二か所に階段が設けられていた。

今日子の説明によると、失踪当日、子どもに変わったところはなく元気だった。彼女は数日前に撮影したというスナップ写真を坂本に見せて、今日も同じ服を着せていたと言った。坂本の手帳には「ふっくらとした頰が輝く笑顔のスナップ」と感想が走り書きされていた。このとき坂本が見たのは、後の捜査会議で吉原たちに配られた写真と同じものだった。

手帳の内容を目で追っていくうちに、吉原の頭は事件当時に戻り、聞き込みに奔走し手掛かりなく過ぎ去った日々が思い出された。写真を頼りに「赤ん坊」を特定するのは至難の業であることを担当刑事たちは思い知らされたのである。抱き上げられた状態で移動した場合には警察犬もお手上げだ。おまけに若い世帯の多いこの地域では乳幼児が多い。皮肉なことに、当該の赤ん坊には目立つホクロやヘアスタイルとか目印になりそうな身体的特徴もない。強いて言えば、身に着けていたのが水色のワンピースということくらいだった。

その店の二階売り場に向かうとき、今日子は通常ベビーカーから子どもを抱き上げて売り場中央の階段を上がっていた。その日は子どもがよく眠っていたのでベビーカーに寝かせたままシートベルトを締めて、他の客の迷惑にならないよう店の裏手にあたる住宅地側出入り口近くにあるもう一つの階段の下にベビーカーを置き、一人で二階に上がったという。

以前にもその店で買ったことのあるベビー用タンクトップ二枚組一点を購入して今

日子が階下に戻ったとき、ベビーカーはからっぽで子どもの姿が消えていた（レシートの時刻は午後一時）。離れていた時間はほんの数分で、五分もなかったはずだと今日子は言っていた。もし、今日子が離れている間に子どもが目を覚ましたとしたら、生後一年未満の乳児らしくぎゃぁぎゃぁ泣き続けたことだろう。その場合は誰かが気づくだろうし、二階売り場にいる今日子にも十分聞こえたはずである。一方、つかまり立ちとハイハイしかできない赤ん坊がベルトを外して自分からベビーカーを降りたとは考えにくい。従って何者かによって手際よく連れ去られた可能性が高いということになる。しかし、不審な人物の姿やベビーカーで眠っている子どもを見たという客や店員は見つからなかった。さらに、ベビーカーが置かれていた場所は店の防犯カメラの死角になっており、今日子の話を裏付ける証拠は存在しなかった。近隣の商店前に設置された防犯カメラにベビーカーを押して衣料品店に向かう今日子の姿がとらえられていたが、ベビーカーの日除けが邪魔をして赤ん坊は見えなかった。

今改めて振り返ってみても、やはりベビーカーは初めから空だったのではないかとの疑問すなわち狂言説が浮上する。三連休明けの平日の昼間で店内は閑散としていたにもかかわらず、他の客に気を遣ってわざわざ防犯カメラの死角になる場所にベビーカーを置いたのは不自然であると言えないことはない。何らかの理由で子どもを死亡させてしまったことを隠すために、連れ去られたように装ったと考えても矛盾はない。

ところが、次のページに進むと吉原の目が留まった。坂本が現場に駆けつけたとき、ベビーカーのシートには汗の湿り気が残っていたことが記され、そこに赤のアンダーラインが引かれていたのだ。坂本はそれを刑事に報告したのだろうか……いや、感じただけでは説得力に欠ける。それに初動の段階では赤ん坊の安全確保が最優先であったため、坂本自身もそのことを忘れていた可能性は高い。アンダーラインは、数か月後に狂言説が浮上し今日子が自殺を遂げた後に改めて付されたものと考えられた。

手帳のメモを見ると、坂本はその後も事件現場となった店を何度となく頻繁に訪れていたことがわかる。彼は赤ん坊を見た人を探し出そうとしていたが、毎回徒労に終わっていた。手帳の記述も、初めはその日の天気や店内の様子が詳細に書かれていたものの、次第に店を訪れた日付と時間のみになっていった。しかし、九月末頃のページに再び赤いアンダーラインが現れた。『衣料品店は食料品スーパーとは違う』という文で始まっていた。

客は衣料品店にはたまにしか行かない。

季節が変わるとき、

セールのとき、

店内を通ると近道になるとき……。

この文章を読んだ吉原はハッとした。確かにこの衣料品店の正面出入り口は商店街に面していたが、もう一つの出入り口は住宅地の生活道路に面していた。従来、住宅地側の出入り口を利用する客は少なく、その大半は店内を通り抜けるだけだった。この出入り口は事件後閉鎖され、商品搬入時のみ開錠されるようになっていた。つまりベビーカーが置かれた場所の人の流れは事件の前と後で全く違っていたかもしれないのだ。

住宅地側出入り口の閉鎖で通り抜けできなくなり足が遠退いた客の中に目撃者のいる可能性が高いと考えた坂本は時間を見つけては店の後ろ側の往来に注意を向けるようになった。犯人の具体的足取りが未だに不明なのだから目撃者に賭けてみる価値はある。しかし、何の権限も持たない単独捜査には限界がある。有力情報のないまま十二月に入り、『ダメかも』との走り書きがいくつか連なった後に、坂本は事件のあった衣料品店の裏付近から住宅地に向かって歩く女性に声を掛けたことが記されていた。その女性は三十代後半くらい、片手にスーパーの袋、もう片方の手は三歳くらいの男の子の手を引いていた。話の内容は記されていないので、事件に直結する情報ではないと思われた。但し、坂本は何か引っかかるところがあったらしくページの余白に女性の名前と電話番号を書きとめていた。吉原は退職後一度その女性、櫻井美咲に連絡を試みたが、あいにくと留守だった。その時点ではさほど重要とは考えなかったので再度電話をすることはなかった。

そして、次が最後のページだった。『十二月二十四日（日曜日）、妹尾今日子　死亡』とだけ書かれていた。最終行には『平成十九年一月、吉原巡査部長へ』と記されていた。


気がつくと日が暮れていた。吉原は冷蔵庫から缶ビールを取り出してきて一口飲んだ。心地よい冷たさを喉に感じながら、彼は頭の整理を始めた。

最後に話したとき、坂本は赤ん坊が誘拐されたものと考えていた。仮に誘拐が事実であると、妹尾今日子の自殺は不自然である。今頃になって夫の妹尾義彦が殺害されたのは、七年前の今日子の死と関係があるのだろうか……。そして赤ん坊は今どこに……。

『坂本が櫻井美咲からどのような話を聞いたのか、今度は是が非でも知らねばならない』

吉原の頭の中で次にとるべき行動が決定した。

櫻井美咲とは三回目の電話で話すことができた。吉原にとって幸運だったことに「あまりよく覚えていない」と言いながらも、彼女は吉原と会って話すことを快諾してくれた。翌日、七年前に坂本が声を掛けたのと同じ場所で会うことになった。現場となった衣料品店は既に建物ごと取り壊され、一階にコーヒーショップが入る洒落た七階建てマンションに替わっていた。

「あのお巡りさん、常盤台の踏切で殉職なさった方だったんですね。ここでお話ししてから二か月くらいしか経っていなかったので、テレビで写真が出たときには、もうびっくりしたんですよ」

挨拶もそこそこに櫻井美咲は快活な口調でそう言った。吉原は逸る気持ちを抑えて慎重に言葉を選んで尋ねた。

「記録によると平成十八年十二月二十日、水曜日、櫻井さんはここで坂本と話をされています。どんな話だったか思い出してみてください」

「あのときね……、もう何年も前のことだから……」

短い沈黙の後、美咲は記憶を辿るように衣料品店のあった場所に視線を向けて話し出した。

「買い物の帰りでした。あの店の中を通り抜けできなくなっちゃったので、ぐるっと遠回りしてこの場所を通りかかったときだったと思います、坂本さんに呼び止められたのは」

「坂本は何と言ってましたか？」

「日にちは忘れちゃったんですが、あの年の夏に誘拐騒ぎがあったんですよ。そういえば赤ちゃんは結局どうなったのかしらね……あぁ、それでね、事件があった午後一時前後に店の中を通った人を探してるって……。私、あの頃は毎日のようにあの店の中を通って買い物に行ってましてね、下の子どもと家でお昼を食べてから出かけるのが日課でしたから、たぶん通ったと思うと答えました」

「それで？」

「ベビーカーとか赤ちゃんを見なかったかとか……訊かれたので、見たと答えましたよ」

「えっ、櫻井さんはベビーカーの赤ちゃんを見たんですか？」

吉原は慌ててそう尋ねた。すると美咲は少し考え込んでから言った。

「ちょっと違うわ。こっちの出入り口近くに置いてあったベビーカーは空でした。ただ、店の中を通って正面口から出ようとしたときに、若いお母さんが眠っている赤ちゃんに抱っこひもを使おうとしているところに通りかかったんです。抱っこひもの扱いに慣れていないみたいで、上手くできなくて困っている様子だったので、それを手伝ってあげました。刑事さんはご存じないでしょうけど抱っこひもはきちんとしないと赤ちゃんが落ちちゃったりして結構危険なんですよ。あぁ、それでね、そのときの赤ちゃんの背中が汗でびっしょりで、あの置いてあったベビーカーに乗せてきたんだなって私が勝手に思っただけなんですけど……、そうお話しすると、坂本さんは『他に何か気づかなかったか』何度も訊いて……」

「その若い女性と赤ちゃん、もう一度見たらわかりますか？」

吉原が思わず先走ってそう尋ねると、美咲は少し微笑んで言った。

「坂本さんからも同じような質問をされたように思います。それから赤ちゃんの写真を見せられましたけど、私は抱っこひもを手伝っただけで赤ちゃんを後ろからしか見てないのでわからないって答えました。抱っこひもはごく普通のタイプで新品には見えなかったし、これといった特徴はなかったと思います。それから赤ちゃんの服の色を訊かれましたが、水色だったような白だったような……で、よく覚えていないと言いました。そうしたら、念のため名前と電話番号を教えて欲しいと言われたので教えました。それだけです」

「そうですか……」

「あぁそうだ、最後に私が冗談半分に『この写真に赤ちゃんのおしりが写っていればわかったかもしれませんよ……オーバーパンツに今どき珍しく手作りっぽい可愛いアップリケがついていたんでね』って言ったら、坂本さんが慌てたようにどんなアップリケか説明してくれって言うんです。それで、私は息子が手に持っていた戦隊ヒーローの表紙が付いた自由帳のページを一枚破って、息子の鉛筆でアップリケの絵を描いたんです」

「これのことですか？」

吉原が手帳に挿まれていた紙を広げて見せた。

「あっ、そうそう、これ、私が描いたんです。下手っぴで恥ずかしいわ」

吉原は質問を続けた。

「ところでこの動物はなんでしょうかね」

「坂本さんにも言いましたが、私にもよくわからないんですよ。でも黄色っぽかったからキリンじゃないかと思いますけど……たぶん。なんだかおかしいでしょ、服の色はあやふやなのにアップリケの色は覚えているなんてね」

吉原は赤ん坊を抱いていた若い女性についても尋ねた。

「その女性の特徴を思い出せませんか？」

「じつはほとんど印象に残っていないんです。あのとき、坂本さんからちょっとぽっちゃりした明るい感じの女の人の写真を見せられましたが、たぶん違う人だと答えました、私が見た人は若そうなのに痩せて暗い感じだったので……」

坂本が美咲に見せたのは妹尾今日子の写真と思われた。

吉原は櫻井美咲に礼を述べて自分の連絡先を告げて別れた。

『赤ん坊のオーバーパンツの話は収穫だった。アップリケについて、坂本は今日子に確認したのだろうか……。いや、それができなかったから、今日子の死後、俺に手帳を託したのだろう』

確かめる術のない今、吉原は坂本の「直感」を聞き流して積極的に対応しなかったことを改めて悔やんだ。坂本が櫻井美咲と話したのは平成十八年十二月二十日、今日子が亡くなる四日前である。

『櫻井美咲が見た赤ん坊と若い女は、たまたま店にいただけで事件とは無関係だったかもしれない。しかし、その女が誘拐犯と考えることも可能だ。そして仮に誘拐が真実だったとすると、今日子は何故死んだのだろう……。衝動的に飛び降りたのか。そもそも本当に自殺だったのか』

吉原の頭の中でいくつもの疑問がぐるぐると回りだした。

気がつくとポケットの携帯電話が鳴っていた。液晶画面を見ると記憶にない番号からだった。

「はい」

「もしもし、吉原さん？　先日、池袋で助けていただいた森山と申しますが……」

聞き覚えのある声だった。

「あぁ、歯医者の先生ですね」

吉原の答え方が気に入ったのか、相手は少し笑ったようだった。

「吉原さんに助けていただきたいことがあるんです。私、人を探しているんですが、途中で手掛かりが尽きてしまいました。一人では壁にぶつかってしまって上手く前に進めないんです」

吉原は『おいおい、今は浮世離れした暇人の相手をしている余裕はないぞ』と思いながらも丁寧な口調で言った。

「これからちょっと忙しくなりそうなんで、簡単なお手伝い程度のことしかできませんが、どなたを探しているのですか？」

「死んだ人……。私、亡くなった娘の人生を探しているんです」

それは不思議な符合だった。吉原もまた、この事件の「今は亡き登場人物たち」の生き様を辿り始めようとしていたのである。

横浜から来た男

庭で遊んでいた知美が勢いよくリビングに駆け上り、弾む声で可奈子に言った。

「可奈子先生！　ほら見て！　見て！　見てよ」

知美は合わせていた小さな両手をそっと開いて可奈子に差し出したが、考えごとに没頭している可奈子は反応しなかった。知美は可奈子が返事をするまで背中をたたき続けた。

「えっ、なに？」

やっと反応した可奈子に、知美は改めて両手の中のものを差し出した。

それを見て可奈子が言った。

「なんだ、セミの抜け殻？」

「うん、あの木の葉っぱの裏にくっついていたんだよ、すごいでしょ。トモミの宝物にするんだ」

知美は嬉しそうにそう答えた。すると可奈子はにこりともしないで言った。

「そんなものを大切にしてどうするの？」

冷水を浴びせるような可奈子の言葉に知美の笑みが消えた。

「ごめんなさい……可奈子先生。セミ、嫌いなの？」

しょんぼりした知美は、ぼそぼそと呟くようにそう言った。可奈子は考えごとの最中に邪魔をされた苛立ちから嫌味を口走っただけで、知美を傷つけるつもりは毛頭なかった。すっかり落ち込んでしまった知美を見て我に返った可奈子は知美の肩に手を添えて言った。

「ゴメン、ゴメン、ちょっと真剣に考えごとをしていたので、悪い癖が出ちゃった。びっくりさせちゃってごめんね。知美ちゃんのせいじゃないのよ、許してね」

「うん、いいよ、許してあげる」

「宝物を入れる箱を用意しておいてあげるから、もっとたくさん探しておいで」

「わかった！　いーっぱい探してくるね」

笑顔を取り戻した知美は再びサンダルを履いて庭に出ると振り返って可奈子に手を振った。可奈子はそれに応えるように手を振って知美の後ろ姿を見送ってから、改めて考えをまとめることに没頭した。

紗恵が横浜の黒石と別れたのは平成十七年の終わり頃と思われる。その後、知美を連れた紗恵が川口の安達と暮らし始めた時期を平成二十年か二十一年とすると、横浜と川口の間に三～四年の空白の期間が残る。この間、安達の話が正しいとすると紗恵は池袋界隈で働いていたものと考えられる。そして、この時期に知美が生まれたはずである。可奈子が知り得た情報はこれだけだった。一方、現在の知美の発育状態を冷静に考慮すると、大学病院検査部の麻里子も指摘していたように、既に六歳をはるかに過ぎているように見える。『いったいどうなっているのだろう……』頭の芯が休息を要求して痛み始めた。

ソファに寄りかかって伸びをした可奈子は庭で遊んでいる知美に目を向けた。知美の親権を得るために父親捜しを始めたものの、数日前に麻里子に知美を預けたことから予想もしなかった疑問を抱えることになり、可奈子は悩んでいた。血液型の件である。

あの日、知美の血液型がO型であることが判明した。紗恵の血液型はＡＢ型、その子どもはA型・B型・ＡB型のどれかになるはずで、自然界では父親の血液型が何型であろうとO型の子どもは生まれない。

『きっと何かの間違いだ。試薬が劣化していたかもしれないし、異物が混入して反応を妨げたかもしれない』

その気になれば結果の正確さを疑う理由は複数あった。ところが、麻里子が再検査とＤＮＡ検査を勧めたときに、可奈子はそれを断ったのである。何故なら、不都合な真実は知らない方が良いと考えた、いや知りたくなかったからと言うべきだろう。

『知美は大事な孫娘だ。紗恵の最期の望みを叶えるためにも知美を立派に育て上げなければならない。私と一緒にいれば知美は幸せなのだ。二人だけの家族なのだから……』

可奈子は知美を必要としているのは自分の方であることを認める素直さに欠けていた。そして、科学的決着を急ぐことは知美のためにならないと結論付けた。実際、可奈子にとって血の繋がりは絶対条件ではなかったのだ。紗恵を永遠に失った今、可奈子が第一に考えたことは知美まで手放すことは耐え難く、避けなければならないという点のみだった。こうして、この件には封印をして自分の胸にしまうことにしたのである。

可奈子は外出用のバッグから吉原の名刺を取り出した。裏面に書かれた携帯電話の番号に掛けて、呼び出し音が始まると可奈子は二度咳払いをして相手が出るのを待った。

「あぁ、歯医者の先生ですね」

吉原が覚えていたので、可奈子は緊張が解ける思いで安堵した。電話の吉原は忙しそうな様子だったが、会って話を聞くことを承諾してくれた。


週末の午後、買い物客で賑わう池袋で二人は再会した。アンサンブルスーツではなくオクスフォード地のボタンダウンシャツにチノパンツとローファー姿で現れた可奈子に、吉原は驚きの表情を隠さずに言った。

「着ているもので全然違って見えるものですね、危うく見過ごすところでした」

「ご忠告に従ったまでです。ほらね」

可奈子は斜め掛けにしたショルダーバッグを持ち上げて微笑んだ。吉原は『十歳若く見える』と言いそうになったが、勝手に誤解して憤慨しかねない相手であることを思い出して言葉を呑み込んだ。一方、可奈子は吉原がプレスの効いたワイシャツを着ていることに気づき、『私のために気を遣ってくれた』と感じたが口には出さなかった。

「外は暑くてかなわんから、どこかファストフードの店にでもはいりましょう」

吉原はそう言って道の反対側に見えているコーヒーショップに向かって歩き出した。可奈子は自分の返事を待たずに行動を起こす相手に慣れていなかったので不思議な気分だった。これまでの人生で、相手の返事を必要としないのは常に自分の方だったからである。

先に窓際のカウンター席に座った可奈子は吉原が運んできたアイスコーヒーを受け取りながら弾む声で言った。

「ありがとう、こんな店に知らない男の人と二人で入るなんて何十年ぶりかしら。不倫してるみたいで緊張しますね。おいくら？」

「おごりです」

彼女の発言が周囲の客に聞こえなかったことを願いながら、吉原は可奈子の隣の席に座った。

「さてと……お役に立てるかどうかはわかりませんが、お話をうかがいましょうか」

吉原にそう促されて、可奈子は十年前に家出した紗恵が知美を連れて突然帰ってきたところから話し始めた。途中で紗恵の死に触れると、知美を抱いて紗恵を看取った朝の病室が目に浮かび、整理をつけたはずの感情が込み上げて言葉が滑らかに出てこなくなってしまった。まつ毛を人差し指の背で撫で上げる仕草に紛れて涙を拭った可奈子は、コーヒーをゆっくり口に運んだ。街の景色を眺めて心に平静が戻るのを待ちながら、カウンター席で救われたと感じた。もしテーブル席で向かい合っていたら、涙を隠すことが難しいからだ。涙もろいところを見られたら、感情的になり易い弱い女だと思われるに違いない。可奈子はそう思われるのが嫌いだった。

一方、吉原は可奈子が派手に泣き出すのではないかとはらはらしながらも、次第に話に引き込まれつつあった。孫娘を育てることで失った娘との絆を取り戻したい可奈子の想いは容易に想像することができた。話が進んで川口の安達を探し当てて部屋を直接訪問した件に差しかかると、吉原は驚いて尋ねた。

「えっ、一人で突撃しちゃったんですか？」

可奈子が頷くと吉原はやれやれという表情で言った。

「あまり賢い作戦とは言えませんね。相手が素直に応じてくれるかどうかもわからないし、逃げられてしまうこともありますよ。それに、もし危険な人物だったらどうするんです？」

吉原の言葉に反応して可奈子の眉尻が少し上がった。しかし、いつものように反論することなく視線を落として溜息交じりに言った。

「安達に知美の親権放棄を認めさせればこの話は簡単に終わると思って始めたことなんです。でも、探し当ててみたら知美の父親ではなかった。知美は紗恵の連れ子だったと言うんです。今となっては知美の戸籍さえ存在するのか疑問です。あの子が本当は何歳なのかもわからない状態です。たぶん六歳ぐらいだと思いますが、乳歯の抜け方を見ると七～八歳でもおかしくない」

「そうでしたか……」

特に理由があったわけではないが、吉原は知美のことが気になった。頭のどこかに引っ掛かるものを感じたが、それが何かはわからなかった。

可奈子は自分に言い聞かせるように続けた。

「次に何をどうしたらよいかもわからず、途方にくれました。それで、紗恵が家出して最初に暮らした横浜の黒石という男を訪ねました。当時、黒石さんには奥さんがいましたが、紗恵は一年か二年ほど幸せな時間を過ごしたらしいです。紗恵にも明るく夢見る時代があったことを知って私は救われた気がしました。ほんの少しの間、恋人と二人きりで休日の午後の静寂を楽しむような甘い生活が彼女にもあったということを……」

「詩人ですね」

返す言葉に困った吉原がそう言うと、可奈子の口元が緩んだ。

「吉原さん、玉響ってご存じ？」

「えっ？」

「『た・ま・ゆ・ら』微かに音をたてるような漠然とした意味の古い言葉だけど、『ほんのしばらくの間』とか『微かな音が生きるほどの静かさ』みたいな……。黒石さんからあの頃の紗恵の話を聞いて、そんな幸せの儚さを感じて……」

「はぁ、文学には疎いもんで……すみません。ところで、一～二年で別れたとすると、その黒石氏もお孫さんの父親ではなかったわけですね」

可奈子は頷いたが笑みは消えていた。表情を一層硬くすると、一つ咳払いをした。次に話し出した可奈子の声は少しかすれていた。

「娘がおちぶれていく話はあまりしたくなかったんですけど……、そうもいきませんよね。実は……安達と知り合ったとき紗恵は池袋の風俗で働いていたそうです」

その言葉を受けて、吉原が言った。

「それで、あの日は北池袋の辺りを歩いていたんですね」

「ええ、紗恵がどんなところで生きていたのか知りたくて……。近くまで行ってみれば何か見つけられると思ったんですが、やっぱり素人には無理なのかしら、結局その店が今もあるのかどうかもわかりませんでした。『ミンク』っていうお店なんですけどね」

ストローをくわえようとしていた吉原の口が二秒間ほど開いたままになった。それから念を押すように言った。

「『ミンク』ですね」

「そう、マッサージのお店だそうです」

吉原は席を立つと可奈子に待つように告げ、店の外に出てポケットから携帯電話を取り出した。

「ええ、覚えてますよ『ミンク』。このまままちょっと待ってください、たぶん直ぐ出ると思いますから……。ねぇ吉原さん、この店が妹尾殺しと関係あるんですか？」

吉原が電話をかけた相手は鳴海だった。吉原はすまなそうに言った。

「いや、別件だ」

「そうですか……」

鳴海は落胆した声で店の所在地を告げて吉原が礼を述べる前に電話を切った。

『もう部外者だから、まぁ、こんなもんだよな扱いは』

吉原は苦笑した。鳴海から聞いた住所は、吉原が谷本由香里を見かけた場所からそう遠くない位置だった。


可奈子はカウンター席に座ったまま、ガラス越しに通話中の吉原を見ていた。『ミンク』という店名に吉原が反応したことに期待が膨らんでいた。

『紗恵がどんな生活をしていたか、知美の父親が誰なのか、今度こそ摑めるかもしれない。それを知ることで、きっと私は今以上に苦い思いをすることになるだろう。途中で諦めなかったことを後悔するかもしれない。でも、もう後戻りはできない』

可奈子は決意を新たにした。それと同時に心に誓ったことがもう一つあった。知美が紗恵の娘ではないかもしれないことを、自分の胸だけにしまっておくことにしたのである。この秘密は絶対に守り通さなければならない。可奈子は知美を失うことが怖かったのだ。

席に戻ってきた吉原が言った。

「心当たりがあります。近くですからこれから行ってみましょう」

「でも吉原さん、お仕事があるんでしょう？　私なんかの困りごとに付き合っていてもいいんですか？」

可奈子が立ち上がりながらそう尋ねると、吉原は意外そうな表情を浮かべて言った。

「そう言っていただけるのは有難いですけど、もう巻き込まれていますから心配ご無用です。仕事は休みです。まもなく年金ももらえるし、このまま辞めてしまってもいいんでね。そちらこそまだ帰らなくていいんですか、お孫さんが待っているのでしょう？」

「大丈夫です。知美は診療所の衛生士だった人に預かってもらっていますから」

吉原は北池袋の七階建て賃貸マンションの前で立ち止まった。その建物はかなりの年数を経ているように見えた。オートロックのない小さな玄関ホールに入り、エレベーター横に並ぶ郵便受けに目を走らせた吉原が小声で言った。

「402、たぶんここでしょう」

そのとき、エレベーターの扉が開いて一人の女が降りてきた。吉原が振り向くと、女は溜息をついて言った。

「こんなところで何してんのよ、もう刑事やめたって言ってたじゃない。それとも客として来たわけ？」

それは谷本由香里だった。吉原は怪訝な表情の由香里をなだめるように言った。

「ちょっと話を聞かせて欲しいんだ。こちらのご婦人が人探しをしているんだが……その探している相手が何年か前『ミンク』にいたらしい」

吉原の言葉に反応するように、由香里は可奈子に一瞥を投げた。その鋭い視線に込められた妬みといわれなき敵意は容赦なく可奈子に突き刺さった。

「人探し？」

由香里は自分が優位であることを楽しんでいるようだった。可奈子は頷いて言った。

「ええ、私の娘がこの辺で暮らしていた頃を知っている人を探しているの。ある人から、何年か前まで『ミンク』という店で働いていたと聞いたので……」

「ここは入れ替わりが激しいの。そんな何年も前のことなんて覚えてないわよ」

「娘の名前は森山紗恵といいます。もしご存じなら教えていただきたいの。どんな些細なことでも……」

由香里は表情を変えることなく抑揚のない声で答えた。

「知らない」

可奈子は応援を求めるように吉原を見た。吉原は名刺の裏に携帯電話の番号を書いて由香里に渡しながら言った。

「そっちに迷惑はかけないから、何か思い出したら連絡くれ」


由香里と別れた後、吉原と可奈子は402号の部屋を訪ねた。応対に出たのは四十代後半サラリーマン風の男だった。部屋の中はごく普通の事務所のようにも見えたが、やや不似合いの派手な応接セットが置かれていた。吉原が名乗ると男は自分がオーナーだと言った。由香里に訊いたときと同じように尋ねると、オーナーは愛想笑いを浮かべて答えた。

「もし四年以上前だとすると、もっと駅に近い場所で店をやっていた頃ですね。今は様変わりしまして、すべて電話とメールです。変わらないのはこのソファと私くらいでしょうか、ハハハ。さて、お探しの女性ですが、残念ながらうちには記録の類はありませんからねぇ……。もしかするとうちの事務のオバサンが覚えているかな、あれでも五年前くらいまでは店に出ていたんで……。ついさっき買い物に出かけたんですが、下で会いませんでしたか？」

　丁寧に礼を述べて建物の外に出た途端、可奈子が言った。

「もう一度、先ほどの女性に聞きましょう。彼女は嘘をついているわ」

「いや、ちょっと待ってください」

　吉原は由香里が紗恵の名前を聞いたときの微かな動揺に気づいていた。しかし、可奈子が同席しているところでは、何か知っていたとしても由香里は言わないだろうと思われた。先ほど会ったときに、吉原は彼女の眼の中に可奈子に対する露骨な敵愾心が燃え上がるのを見ていた。そこには相容れない女同士の対立があった。

　そこで、吉原は可奈子が逆上しないように言葉を選んで言った。

「由香里はあなたの前では本音を言わないでしょう。必ずお知らせしますから、私に任せてもらえませんか」

　可奈子はあからさまに不満の表情を見せたが、彼女自身も由香里の敵意を感じていたので吉原に渋々同意した。

谷本由香里から情報を得るためには、もう二〜三日ほど費やせば何とかなるだろうと吉原は考えていた。ところが意外なことに、先に連絡をしてきたのは由香里の方だった。

「こないだは知らないって言ったけど……、紗恵の何が知りたいの？」

「そっちが先に探りを入れてくるとは、よほどやばいネタなんだな」

「そうじゃないわよ、紗恵を守りたいの。アタシたち友達だから……」

「とにかく会って最初から聞かせてくれないか」

由香里は板橋の老人病院に隣接する公園を待ち合わせ場所に指定した。吉原が時間通りに行くと、由香里は既にベンチに腰かけていた。そこは手入れの行き届いた低木が並ぶ死角の少ない公園で、隣には駐在所があった。吉原が隣に座ると、由香里は直ぐに話し出した。

「ねぇ、いったい何が起きているの？」

「おいおい、質問するのはこっちだと思っていたんだが……、森山紗恵のことを話してくれるんだろ？」

由香里は周囲を窺うように見渡してから小声になって言った。

「なんかあったらアタシのこと保護してくれる？」

「なんかって？」

吉原はそう訊き返しながら、由香里がこの場所を指定した理由がわかったように思えた。この場所なら自分に近づいてくる人間を察知することができるし、隣には駐在所までである。

『彼女は怯えている』

吉原は大げさな仕草で右手を胸に当てて言った。

「大丈夫、この身体を張って……、まだ腕力には自信あるんだ」

由香里は少し微笑んだ。そして、大きく吸い込んだ息を一気に吐き出すと遠い視線になって話し始めた。

「うちの店に来る前、紗恵は横浜ことぶき町近くのキャバクラにいたって話してた。その店の店員と言うか客引きをしている男と暮らしてたのよ。その彼氏が板橋にいい仕事を見つけたんで一緒に来たんだって。でも、二人の間になんかあったらしくてね。飛び出したのはいいけど、泊まるところがなくて困ってるって言うからアタシのアパート半分使わせてあげることにしたの……こっちも家賃助かるし。それが……たしか……六～七年前だったかな」

「男の名前は？」

「深沢恭一、それがさぁ、紗恵がアタシのところに来てからもしつっこく押しかけて来たわよ。何度か店にも来たし……。紗恵はもともと奥さんのいる人に恋して横浜まで追いかけてって、結局別れて……。女ってさ、そうなるとなんだか、もうどうでもよくなっちゃうときがあるものなのよね、魔がさすって言うのかな。そんな投げやりな気分のときに、紗恵はアイツと出会ってしまったのよ」

由香里はしたり顔で頷いた。吉原は先を促すように合いの手を入れた。

「それで森山紗恵はどのくらいの間お前さんのところにいたのかね？」

「とにかく二年くらいはアタシのアパートにいたかな。アタシたち結構うまくいってたんだけどね、紗恵に夢中の客が彼女を指名するようになってさ、彼女はその客のところ、たしか川口辺り……に行ったと言うより逃げたの。その頃、深沢との間に決定的なトラブルがあったらしくて、彼女『殺される』って言ってた。それからは深沢も見かけなくなったわけ」

由香里はもう一度周囲を見回してから再び口を開いた。

「ところが、その深沢が突然現れたのよ、つい数日前に。アイツったら、後をつけてきたらしくてね。アタシがいつものように帰ってアパートのドアを開けた瞬間、いきなり後ろから部屋の中に突き倒されて……怖かった」

「深沢は何しに？」

吉原がそう尋ねると、由香里は苦々しい表情を浮かべ首を横に振って言った。

「紗恵の居場所を教えろって……。何だか変でしょ。何年も経ってから、そんなに荒っぽい手を使ってでも居場所をつきとめようとするなんてね。『今さら？』っていう感じ。紗恵はアイツのこと嫌がっていたし、教える気はなかったから『知らない』って言ったのよ。そしたらアイツ、アタシの首を絞めたの。死ぬかと思った。ただごとじゃない感じだったから、紗恵が客の男を頼って逃げたなんて言ったらホントに殺されちゃうと思ったの。だから、実家が浦和の歯医者だってしゃべっちゃった。紗恵は『死んでも実家の世話にはならない』ってよく言っていたし、実家に帰ることはないだろうから教えても大丈夫だろうって思って……」

吉原は胸騒ぎがしていた。深沢の存在を知らない可奈子に事情を説明して身の安全を確保するよう伝えなければならない。彼は念を押すように尋ねた。

「森山紗恵がここから逃げ出したトラブルの原因は？　それから、深沢が何故彼女を探し続けているのか……思い当たることは？」

由香里は首を横に振ったが『決定的なトラブル』という表現を使っていることから、深沢と紗恵の間には深刻な金銭問題があったものと吉原は考えていた。詳細に触れようとしない由香里はそのトラブルに少なからず関与しているのだろう。

万が一、深沢が再び現れたときには直ぐに警察か自分に連絡するようにと吉原が言うと、由香里は真剣な顔つきで頷いた。

吉原は暫く考え込んでから別の質問を発した。

「お前さんのアパートに住んでいる間に、森山紗恵は出産したか?」

由香里は不意打ちをくらった小動物のようにピクリとしたが、直ぐに笑い出して言った。

「ないよ、そんなこと」

吉原はふと思ったままを口に出した。

「もしかして……森山紗恵は何処かから赤ん坊を連れて来なかったか?」

「えーっ、なにそれ。コウノトリ?　なんでそんなこと訊くの?」

由香里は再び笑い声を上げたが、目は笑っていなかった。吉原は手ごたえを感じていた。

『由香里は何かを隠している』

吉原が抱いた疑念を否定するかのように、由香里は明るい声を装って言った。

「吉原サン、もし紗恵に会うことがあったらさぁ、アタシがよろしく言ってたって伝えてね。お願い、きっとよ」

「それは無理だ」

「えっ、なんで?」

「死んだそうだよ」

吉原がそう告げると、由香里はたっぷり十秒間ほど押し黙った。その後視線を落とした彼女はかすれた声で呟いた。

「まさか、アイツに殺されたの？」

「いやいや、そうじゃない。病死だ。末期癌だったそうだよ、若いのにな」

そう答えた吉原は由香里が何故紗恵の死を殺人と思ったのかを訊ねなかった。由香里の目に涙が溢れそうになっていたからだった。その表情があまりにも不安げで哀れだった。由香里は紗恵の死を知らされて純粋に深く悲しんでいるように見える。由香里にとって紗恵はそれほど大切な友人だったということか……、由香里の話によると紗恵との偶発的共同生活は長くはなかったはずだが、二人の間には連帯感のようなものができていたか、あるいは二人だけの秘密が……。吉原は漠然とそう感じながらポケットティッシュをだして由香里に渡してやった。


今はこれ以上問い詰めても相手は口を閉ざしてしまうだろう。いずれ近いうちに真相を聞くことができると考えた吉原は礼を述べて谷本由香里と別れた。帰宅途中に携帯電話が鳴った。鳴海からだった。

「あぁ、吉原さん。殺された妹尾のケータイとパソコンの分析結果が出ましたよ。ケータイの履歴と消去されたパソコンのデータを復元すると、一人浮かび上がってきました。ネットの掲示板で知り合った男のようですが、こいつがですね、いわゆるアングラサイトつまり『闇サイト』絡みの関係で……妹尾の呼びかけに応じて横浜から来たらしいです。それが平成十八年、つまり板橋事件の起きた年です」

鳴海は周囲の同僚に聞こえないよう声を潜めて続けた。

「上手く説明できないんですが、やっぱり板橋事件と何か繋がっていそうな気がして……。妹尾はこれまで可哀想な夫のイメージを裏切ることはなかった。妻の死に際しての事情聴取ではつじつまが合わないようなこともなかったし、妻が死んだ時刻にパチンコをしていたアリバイも裏がとれてる。でも、今思えばすべて揃いすぎている。優等生の答えをあらかじめ用意していたとしたらどうです？　この妹尾という人物、本当は我々に見せていた姿よりも曲者だったんじゃないでしょうか」

「同感だ。当時の捜査手法ではたどり着けない相手が犯人だったとしたら、我々は無駄なことをしていたのかもしれないな。例の名古屋の殺人事件では闇サイトで集まった見ず知らずの男たちが犯人で、被害者は何の接点もなく運悪く通りかかっただけだった。これまでの捜査の常識では有り得ないことだった」

吉原がそう同意すると鳴海は元気づいて言った。

「あぁ、よかった。やっぱりそうですよね。そうなると妹尾今日子の自殺が今回の事件の根っこかもしれません。生命保険は免責期間内のため自殺では保険金を受け取ることはできませんから、保険金目当ての線はなしということになっていますが、とにかくダメモトで係長に話してみます。ところで、その横浜から来た男の名前はですね……」

「深沢恭一か？」

半信半疑ではあったものの、吉原はその名前を口にした。驚いた鳴海が電話の向こう側でハッと息を呑む音が返ってきた。

過去からの挑戦

「吉原さん酷いじゃないですか、冷たいですよ。先に知ってたなら、どうして教えてくれなかったんですか？」

その夜、池袋の焼き鳥屋に少し遅れてやって来た鳴海は、吉原に不満をぶつけた。

「すまん、そんなつもりじゃなかったんだよ。実は、こっちも深沢恭一に辿りついたのは君から電話をもらう少し前だったんだ」

吉原は鳴海のグラスにビールを注ぎながらそう返答し、改めて話し始めた。

坂本の手帳を基に櫻井美咲に会うことができて新しい目撃情報を得たこと。そして、櫻井美咲が抱っこひもを直してやった若い女が赤ん坊を連れ去った人物である可能性を語った。

それから吉原は思い出したように付け加えた。

「あぁ、そう言えば、坂本の手帳に挿んであった絵の意味が解ったよ。その若い女が抱いていた赤ん坊の着ていたオーバーパンツに手作りのアップリケが付いていたのを櫻井美咲が覚えていて、どんなデザインだったかを描いて坂本に渡したものだった」

鳴海は大人しく話を聞いていたが、難しい顔になって言った。

「吉原さんの直感を尊重しますが、今となってはその若い女が誘拐犯だって証明する方法はないですよ。それより、どうやって深沢恭一に行きついたのか聞かせてくださいよ」

鳴海は現役の自分よりも引退した吉原が一歩先んじていることが面白くない様子だった。吉原の関心事とは異なって、鳴海にとっては現在進行中の殺人事件の犯人を検挙することが最優先なのだ。そのためのカードとして鳴海は板橋事件を最大活用しようと考えているだけで過去の事件そのものには立ち入るつもりのないことが透けて見えていた。吉原はそれが少し残念だった。

『お前が考えているようなスマートでクリアーな事件解決なんて机上の空論だよ。現実はそう甘くない。泥臭い仕事を嫌がっていちゃぁダメだぞ』

腹の中でそう呟きながら吉原はグラスに残っていたビールを飲み干して言った。

「あの頃、横浜から来た奴がいたって『ミンク』の谷本由香里から聞いただけだよ。そいつの名前が深沢恭一、たまたま運よく大当たりだったというわけだ。彼女には奴が再び現れたらそっちに連絡するように言っておいた。彼女は奴から脅されている。だから、連絡があったら本気で急行してくれよ」

「ホントにそれだけですか？　なんか変だけど、まあいいや」

深沢恭一の名前が浮上したからには、内縁関係にあった森山紗恵の名前もいずれは掘り起こされるかもしれない。吉原は必要が生じない限り森山可奈子の名を警察関係者には伏せておきたいと考えていた。鳴海に説明するのが面倒だったのも事実だが、心の片隅に可奈子を守ってやりたい思いがあったからだった。


数日後、吉原は谷本由香里から聞いた話を伝えるために浦和の可奈子を訪ねた。深沢が浦和に現れる確率がどれほどあるのかは未知数だったが、深沢と殺された妹尾の間に接点のあったことが明らかになった以上、可奈子に対しては一連の出来事の発端となった板橋事件まで遡って説明するべきと考えての行動だった。

深沢が今頃になって谷本由香里を脅してまで紗恵の行方を聞き出そうとしたのは、妹尾が殺された経緯と紗恵の間に何らかの関係があるに違いないと吉原は考えていた。仮に深沢が妹尾を殺害したとすると、その殺害動機に繋がる重要な情報あるいは証拠を紗恵が握っていた可能性は高い。それが深沢にとって決定的に不利なものならば脅威となり、彼は紗恵の口を封じなければならないと考えるだろう。そして、紗恵が死んだことをまだ知らない深沢は今も彼女を探し続けているはずである。

浦和駅前の喧騒を後にして、南東の方角に十分ほど歩いただけで景色は閑静な住宅地へと一変した。やや年代を経た木造二階建ての家々のカーポートと小さな前庭には手入れの行き届いた花々の鉢植えが並べられ、そこに暮らす人々の創意と誇りが感じられた。その反面、狭い路地を歩く見知らぬ者への視線は一様に冷たく、代々受け継がれてきた排他的な空気と、その地域を見下ろすような位置に急増するマンション世代の無関心な空気が層を成して重く漂っていた。その路地の奥、行き止まりのような場所に森山歯科医院の看板があった。

その建物は昭和の良き時代の医院を思い出させる佇まいだった。出入り口と窓のブラインドが下ろされた診療室は、一見して既にその役目を終えていることが明白だった。吉原は母屋の玄関に回ろうとして庭に目を向けた。診療室と庭の境には小さな木戸があり、その隙間から女の子がこちらを窺っていた。吉原は女の子が怖がらないようにしゃがんで話しかけた。

「こんにちは、森山先生はご在宅ですか？」

女の子は黙って頷いた。吉原は続けて言った。

「東京から『よしはら』が来たと伝えてくれますか？」

母屋の方へくるりと向きを変えて走り去る愛らしい後ろ姿を見送りながら、吉原は可奈子から知美の存在を聞いたときの胸騒ぎを思い出した。その漠然とした不安は次第に輪郭を浮き上がらせつつあり、吉原の胸にチクチクと痛みをもたらしていた。ほどなく戻ってきた女の子が勢いよく木戸を開けて吉原に言った。

「可奈子先生、今きます。どうぞ」

その後ろから笑顔の可奈子が現れて手招きしながら近づいてきて言った。

「びっくりしました。ホントにいらしてくださったんですね、吉原さん。よくここがわかりましたね」

「まだ削除されてないだろうと思って、お名前と浦和の歯科医院で検索しただけです。それと、約束はちゃんと守る人間ですから、約束通り伺いました」

そう答えた吉原が女の子に微笑みかけたのを見て、可奈子が言った。

「先日お話しした孫の知美です」

吉原は胸に右手を当て、知美に向かって恭しく一礼してみせた。知美は吉原のことが気に入ったらしく、彼の手を引っ張って言った。

「今ね、アリさんの巣穴のまわりにお砂糖を置いてあげてるの。一緒にきてきて！」

「いやぁ、困ったな。先に森山先生とお話をさせてください。それが済んだら知美ちゃんのアリさんたちを見せてもらいましょう。だからちょっとお庭で待っててくださいね」

「いいよ。約束だよ」

知美は庭の中ほどに戻っていった。

リビングに上がりながら可奈子が言った。

「いつも一人で遊んでいるので、本当はお友達が欲しいんだろうと思います。気を遣わせてしまってすみませんね」

「こちらこそ、お孫さんに何かお土産でもあれば良かったんですが、気が利かなくてお恥ずかしいですよ」

それは社交辞令ではなく吉原の本音だった。

可奈子が二人分の麦茶を運んでテーブルに置くまでの間に、吉原は腕に掛けていた上着を椅子の背に掛けた。そして可奈子が腰掛けると直ぐに吉原は話し出した。谷本由香里の語った紗恵の様子を伝える吉原の話を一言も聞き漏らすまいとして可奈子は真剣に耳を傾けていた。しかし、話が未解決の板橋事件に及ぶと可奈子の表情は一変した。昔の失踪事件の話を唐突に聞かされた可奈子は眉間にしわを寄せて言った。

「紗恵がその事件と何か関係あるとでもおっしゃるの？」

吉原は言葉を選んで答えた。

「じつは事件の数か月後に自殺した妹尾今日子の夫・義彦が数日前に殺されました。

その捜査線上に浮かんだのが深沢恭一、事件の少し前に横浜から板橋にやって来た男です、紗恵さんと一緒に」

可奈子はその言葉が聞こえなかったかのように外の風景を眺めていた。吉原は可奈子の頭の中で過去の失踪事件と現在捜査中の殺人事件の関連が整理されるのを我慢強く待った。可奈子は二つの事件を繋ぐ鍵を紗恵が握っていたであろうことを直感していたが、予想外の展開に内心困惑していた。事件の真相を暴くことは可奈子の望みと相反する結果をもたらす危険があるからだ。

『どんなことがあっても知美を守らなければ……』

やがて可奈子はポツリと答えた。

「そうですか」

可奈子から矢継ぎ早に質問を浴びせられるであろうと予想していた吉原にとって意外なことに、返されたのはその一言だけだった。吉原は続けた。

「谷本由香里の話によると、その深沢が紗恵さんを探しています。彼は紗恵さんが亡くなっていることを知りません。そして由香里を脅して紗恵さんの実家が浦和の歯科医院だと聞き出しています。名前と浦和の歯科医院で検索すればすぐわかりますから、深沢がここに現れる可能性がないとは言えません。当分の間、気を付けてくださ い。よろしいですね」

可奈子は頷いただけで、何も言わなかった。これまでの彼女の反応とはあまりにも違う深い沈黙に吉原は違和感を持った。さらに決定的な事実をこのタイミングで告げるべきかどうか迷ったが、この先別の機会があるかどうかも定かではないと思われた。可奈子が失望するとわかっている情報を伝えるのは気の毒と感じながらも、吉原は大鉈を振るわざるを得ないと判断して言った。

「それからですね、申し上げにくいのですが、紗恵さんが出産した形跡はありません」

可奈子は無言だった。吉原は溜息をついて、一度仕切り直すように背筋を伸ばした。可奈子が自発的に語ろうとしないので、吉原は改めて質問した。

「森山先生は何か隠していませんか？　まだ話してくれてないことがあるのではありませんか？」

可奈子が答えなかったので、吉原は続けて言った。

「平成十八年、板橋で失踪した赤ちゃんは女の子で水色の服を着ていました。事件が起きた同時間帯に近くで赤ちゃん用の抱っこひもに不慣れな若いお母さんを手伝ってあげたという人が見つかりましてね、その人の話では赤ちゃんのオーバーパンツに手作りのアップリケが付けられていたそうです」

振り返って椅子の背の上着から手帳を取り出した吉原はそこに挿まれていた紙をテーブルの上に広げた。そこにはキリンのような動物の絵が描かれていた。

「その人が描いてくれたアップリケの形がこれです」

そう言った吉原は可奈子の表情を読み取ろうとして視線を向けて待った。

一度ゆっくり目を閉じてから向き直った可奈子の無表情な顔は能面のように蒼白く、その妖しい美しさに吉原は思わず息を呑んだ。可奈子は抑揚のない声で言った。

「紗恵はこの家に戻って間もなく亡くなりました。それまでどんな生活をしていたのかゆっくり話を聞く前に死んでしまったんです。私には、今、吉原さんがお話しになった事件に心当たりはありません」

吉原は可奈子の指先が小刻みに震えていることに気づいていたが、その場で問い質すことはせずに、いや実際には問い質すことができずに、立ち上がって言った。

「わかりました。何か思い出したら……と言うか、助けが必要なときには連絡ください。では、お孫さんのアリたちを見せてもらったら失礼します」

吉原は庭で知美と十五分ほど遊んだ後立ち去った。知美は木戸のところに立って、吉原の姿が曲がり角に消えるまで何度も「バイバイ」と声を掛けた。吉原はその度に振り返って手を振った。胸に何かがつかえたまま知美の声に応え続けた吉原は、隣家のブロック塀に隠れてこちらを窺う人影に気づくことなく角を曲がった。

立ち去る吉原をリビングから見送った可奈子は急いで二階に上がり、紗恵のバッグから水色のベビー服を取り出した。包んであった一万円札がはらはらとこぼれた。崩れるように床に座り込んだ可奈子は膝の上に載せたオーバーパンツのアップリケを暫くの間じっと見つめていた。散らばった札を数えながら集めるとちょうど五十枚だった。

やがて顔を上げた可奈子は何か吹っ切れたようにすっと背筋を伸ばした。その眼差しに沈殿していた翳りは既に消えていた。彼女はベビー服とオーバーパンツを小さくたたんで現金と一緒に物入れの奥深くに押し込んだ。

数日後、知美は朝から大はしゃぎだった。愛子が孫のためにビニールプールを買ったので知美を誘ってくれたのだ。小さな子どもはじゃぶじゃぶの水遊びが大好きである。特に、ビニールプールで遊んだことのない知美にとっては夢のようなお誘いだった。

「ねぇ、愛子おばちゃんまだかな」

「迎えに来てくれるって、さっき電話があったんだから、もう直ぐ来るわよ」

「じゃあ、お庭に出て待ってるね」

知美は水着の入ったプールバッグを大事そうに抱えて庭に出て行った。

キッチンで洗い物を片付けていると玄関の呼び鈴が鳴った。可奈子は迎えが来たことを知美に知らせてやろうとして庭に目をやったが姿が見えなかった。きっと庭の方から表に回ったのだろうと考えて、可奈子は濡れた手を拭きながら玄関に向かった。

「知美ちゃんをお迎えに来ましたよ」

「今日は誘ってくれてありがとう。知美は先に庭に出たんだけど、木戸のところで会わなかった？」

「あら、気づきませんでした。それじゃあ呼んでみますね」

愛子は笑顔のままそう答えると玄関を出て庭に向かって呼びかけた。

「知美ちゃーん、迎えに来ましたよー。知美ちゃーん」

愛子が繰り返し知美を呼ぶ声を聞くうちに可奈子の頭の中で何かがカチッとはまった。

『まさか……』

可奈子は全身の血の気が引いてうなじの毛が逆立つのを感じた。慌ててサンダルをひっかけて外に飛び出したところへ、ちょうど愛子が庭から戻ってきた。笑顔は消えていた。愛子は手にしていた知美のプールバッグを差し出して言った。

「変ですね。知美ちゃん、庭にはいませんよ。このバッグが木戸のところに落ちていたんですけど……」

その時、電話の呼び出し音が鳴った。それは母屋ではなく二か月ほど前に閉院した診療室から聞こえてきた。医院の電話番号はまだ開示されたままだった。可奈子は急いで医院を開けて電話をとった。

「もしもし」

「子どもを返してほしかったら紗恵に伝えろ、金を返しに来いって。いいか、わかったな」

男の声が一方的にしゃべって電話は切れた。可奈子は受話器を握り締めたまま目を閉じた。頭の中を不吉な予感の断片が飛び交っていた。

悪夢と現実の狭間に

可奈子は愛子に吉原の連絡先を教えてから言った。

「明日の朝までに私が戻らなかったら、この人に電話してちょうだい。私が知美を取り戻しに行ったと言ってくれればわかるから、お願いね」

事態の急変が呑みこめない愛子は心配そうな表情を浮かべてうわずった声で言った。

「えーっ、知美ちゃんは誘拐されたんですか？　もしそうなら、直ぐ警察に……」

「だめっ！」

可奈子の語気の強さに驚いた愛子は面食らって黙った。愛子の戸惑いを感じ取った可奈子は縋うように言った。

「心当たりがあるの。警察が出てくると知美の出生についていろいろと訊かれてややこしいことになる、だから自力で解決できるものならそうしたいのよ。お願い、私に協力して」

「わかりました。先生は一度こうと決めたら聞く耳をお持ちにならないから……。でも、くれぐれも気を付けてくださいね」

「ありがとう」

　北池袋の『ミンク』にやって来た可奈子は、拳でノックすると同時に勢いよくドアを開けた。部屋の中からの返事を待つ気はなかった。可奈子のただならぬ気配に反応して、谷本由香里が素早く立ち上がって言った。

「何の用？　うちじゃホストの紹介はしてないけど」

「深沢の居場所を教えて」

「なんで、今度は一人で探偵ごっこ？　素人は首を突っ込まない方がいいわよ。そんなおっかない顔して出入り口に立っていられたら営業妨害だよ。じゃまだから帰って」

　由香里は威圧するように可奈子を見据えた。可奈子は怯まずに由香里の目を見つめて言った。

「孫娘がいなくなったの」

「えっ……」

「電話がかかってきたのよ、名乗らなかったけど、深沢にちがいないわ。金を返しに来いって言ってた、紗恵に伝えろですって。私には何のことかわからないけど、あなたにはわかるんじゃない？」

可奈子の言葉を聞いて由香里の態度が一変した。少し慌てた様子で部屋を横切り可奈子の前にやって来た由香里の表情からふてぶてしさは消えていた。オーナーは「女の喧嘩」が始まるのを恐れていつの間にかソファの後ろに退避していた。そのオーナーに向かって、由香里はちょっと出てくると声を掛けた。そして、可奈子に目線で合図して部屋を出た。

建物を出てから北池袋駅に着くまで、二人は無言で歩き続けた。改札口の前で可奈子に正面から向かい合った由香里は今までとは違う淡々とした口調で尋ねた。

「場所は聞いたの？」

「いいえ」

「アイツ、たぶんもう引っ越してるだろうね。だとするとお手上げだわ」

由香里は思案顔で腕組みをした。そのとき、可奈子が突然由香里の腕をつかんで言った。

「そうだっ！　電話をよこしたときに、深沢は金を返すように紗恵に伝えろって言っただけで場所を言わなかった。変わってないから言う必要がなかった……でしょ？」

「へぇ、まだ同じ所に居るなんて驚きだわ。あの元刑事には言わなかったけど、紗恵がアタシのアパートに転がり込んできたときね、アイツは何かの事件に絡んで相当ヤバそうだったの。それでもアパートを移らなかったとしたら何か変だわよ。すごいバカか他に理由があったのかどっちかだろうね」

「とにかく行ってみるわ。場所を教えて」

「一度しか行ったことないんでホントはよく覚えてないのよ。たしか……ときわ台駅南口から出てラッキーロード商店街を川越街道に向かっていくと左側に外科病院があって、その近くの二階建てアパートの一階。名前は何とかアベニューだったかな」

それから由香里は付け加えるように言った。

「悪いけど一人で行ってね。アタシは行かないよ、巻き込まれるのはゴメンだもん」

「わかった、探してみる。ありがとう」

可奈子が行こうとすると、由香里が慌てて言った。

「ねぇ、紗恵とアタシ、友達だったの。紗恵はいい子だった」

「ええ、そうね……私もそう思う」

可奈子の返事にはこれまで辿ってきた道のりの遠さがにじみ出ていた。小さな駅の静寂の中に、自分の声が意外に反響することに気づいた由香里が囁くように言った。

「でも、紗恵がアイツのアパートからお金を持ち出したのは本当よ。まだ鍵を持っていたのでアイツの留守に忍び込むのは簡単だったって。彼女、見つかったら殺されるって言ってた。だからこの街から逃げ出したの」

「わかったわ」

改札口を通る可奈子の背中に向かって、由香里が再度声をかけた。

「知美を助けてあげて」

可奈子は振り向いて頷いた。「孫娘がいなくなった」と聞いただけで、由香里の口から知美の名が自然に出たことに疑問を懐く余裕はなかった。


ドアが閉まって電車が走り出すと、可奈子は戸袋に寄りかかって外を眺めた。電車は線路沿いに並ぶ家々の軒をかすめるように進み、風になびく洗濯物や干された布団そして薄汚れた三輪車など何の変哲もない日常の風景が次々に展開された。

『あぁ、みんな平和で幸せそうだ』

突然、抑えていた感情が溢れそうになった。可奈子は涙がこぼれないように眼差しを上げて自分に言い聞かせた。

『泣いちゃだめ、今はそのときじゃない。知美を取り戻すまでは……』

知美が紗恵の娘ではない可能性の高いことを知ったとき、可奈子は一時的に落胆したが同時にその事実を知っているのは自分一人であることに気づいた。そして彼女は迷わず目をつぶることを選んだ。自分さえ黙っていれば、知美が孫であることを誰も疑わないはずだった。しかし、吉原が現れてから、事態は思わぬ方向へと転がり出してしまった。吉原は平成十八年に失踪した赤ん坊が知美だと考えているに違いない。オーバーパンツのアップリケの絵を吉原から見せられたとき、可奈子は心臓が止まりそうだった。それでも沈黙を守ったのは紗恵が哀れだったからに他ならない。たとえ罪を犯していたとしても、紗恵は自らのいのちを削って償ったのだ。

もし紗恵が赤ん坊を誘拐したのだとしたら、それは深沢に命じられたからだろう。その後、何らかの理由で紗恵は赤ん坊を連れて逃げた。可奈子にはその理由がわかるような気がした。授かることが叶わなかった赤ん坊、幸せになるためにどうしても欲しかった赤ん坊……『今、この腕の中に赤ちゃんがいる』と実感した紗恵の心に、『私の赤ちゃん』という抗うことのできない想いが渦巻いたとしても不思議はない。

ときわ台駅から由香里に教えられたように歩くと、前方に交通量の多い道路が見えてきた。あの道路が川越街道だとすると病院を見落としてしまったのだろうかと心配になったとき、左側にある洒落た三階建てのビルに「小山外科病院」と掲げられていることに気づいた。病院の玄関前に「駐車場こちら」の看板があった。矢印の方向に目をやると病院敷地の境界線沿いに曲がり角があり、車一台がやっと通れるくらいの生活道路が奥の住宅地に続いていた。

住宅地に向かって進むと古びた低層のアパートが何棟も現れた。可奈子は建物に関して目印になるような特徴を由香里から聞いてこなかったことを後悔した。仕方なく病院に近い建物から一棟ずつ名前を確かめ始めた。遅い午後の強い日差しが照りつける中、慣れない暑さのために足の重さがいつもより酷く感じられた。少なくとも十棟のアパートを巡ったが、アベニューが付く名前は発見できなかった。一時間ほどしか経っていないにもかかわらず、疲れ切った可奈子は自動販売機脇に置かれたベンチに座り込んでしまった。長年の雨風にさらされたベンチは汚れてボロボロだった。いつもの自分なら絶対に座らないだろうと思うと切なかった。

可奈子がよろよろと立ち上がったとき、住宅地から商店街に向かって一人の若者が歩いてきた。若者は可奈子の前に立ち止まり、愛想よく話しかけてきた。

「こんにちは、奥さん。今ね、この先の空き店舗をお借りしてイベントやってるんですよ」

明るく誠実な感じの若者は、手に持っていたチケットの束から一枚取り出し、それを差し出しながら言った。

「こちらは引換券です。これを持って行けばブランドもののストッキングがタダでもらえますよ。消耗品だから一足余計にあったら助かりますよね」

「そうね」

「じゃぁ、ちょうど僕も行くところですから、行きましょう、ね、行きましょう」

いつもならこんな見え透いた誘いに乗るはずはないのだが、巧みに話しかけながら肩や腕に軽く触れるようにして誘導する若者は、疲れた可奈子の心の隙間に入り込んできた。断るのが面倒になった可奈子は若者に何となく従ってしまった。


イベント会場には椅子が並べられて二十人ほどの女性客が座っていた。客のほとんどは高齢で、壇上にいる男の話に聞き入っているように見えた。

「今日はいろいろもらえて嬉しいですねぇ。はい、では皆さん、次はこの爪切りですよ。それも良く切れるだけじゃない、とっても使いやすいデザイン。こんな素敵な爪切り、欲しい人は？」

「はーい」

ほぼ全員が返事をした。何人かは笑顔で手を挙げている。

可奈子をエスコートした若者が合図をすると、会場のスタッフが近づいてきた。可奈子が引換券を差し出すとスタッフが言った。

「ようこそいらっしゃいました。引換所はこちらです。受け取ったら、どうぞ前の方のお席に御かけください」

示された方を見ると、会場の一番奥にそれらしきテーブルがあった。通路は狭く、並べられた椅子を避けながら進まなければならない状態だ。歩きにくいようにわざと散らかしてあるようで、可奈子は違和感を持った。

壇上では男が次の品物の話を始めていた。

「さあ、本日のメインイベントですよ。それは、これ、羽毛布団。最高級羽毛百パーセントですよ。素晴らしい品物ですねぇ。こちらはさすがにタダというわけにはいきませんが大変お買い得。なんと税込でたったの二十万円！　それも今すぐお支払いただかなくていいんです。簡単な書類にお名前だけ書いていただければオーケー。いいと思う人は？」

「はーい」

今度もほぼ全員が笑顔で返事をした。我に返った可奈子は急いで外に出ようと向きを変えた。するとスタッフの男二人が急に現れて可奈子の前後を塞ぐように立ち、前側の男が言った。

「奥さん、もうお帰りですか？　皆さんこんなに楽しんでいるのに、いい雰囲気に水を差すじゃありませんか。まさかどうしても帰るなんて言いませんよね。楽しんでる方に失礼ですよ」

「そこを退いてください」

「そうはいきませんよ。おわかりでしょう」

その言葉には明らかに恫喝が感じられた。可奈子は抵抗を表すために背筋を伸ばし震える声で言った。

「私を脅しているの？」

すると奥から上品な身なりの中年の男が現れた。彼はスタッフに目配せして少し下がらせてから可奈子に言った。

「それはあなたの誤解だと思います。我々は法に触れるようなことはしていません。あなたは自由ですよ」

男は自ら一歩退いて可奈子のために道を空けた。差し出された景品のストッキングを辞退して、可奈子はイベント会場を後にした。

『わかっていても引っかかるのは、わかっていないのと一緒だ。吉原に知れたら、やっぱり世間知らずと言われてしまうだろう』

可奈子は歩きながら大きな溜息をついた。

数分後、先ほどの古いベンチのところまで戻った可奈子は冷たい飲み物を買おうとして自動販売機の前に立った。どのボタンを押すか迷いながら、可奈子は目の前のアパート壁面の飾り文字をぼんやり眺めた。この辺りは既に確かめて通り過ぎた場所である。

『リバーサイド　ニュー』

横書きで上にリバーサイド、下の段にニューである。近くに川など見当たらないのにリバーサイド、おまけに「新」を意味する「ニュー」が後ろに付いている。改めて変わった名前だと思いながらアイスカフェオレを一口飲んだ。心地よい冷たさが喉を走り下りていった。昔は近くに小川が流れていたのかもしれないし、川越街道の「川」の字をとっただけかもしれないなどと考えを廻らせた。

そのとき、可奈子の目が下の段に釘づけになった。

『ちょっと待ってよ、あれはニューじゃない！』

二文字剝がれ落ちた跡に気づいたのだ。可奈子は跡を読み取ろうとして目を凝らした。脱落した二文字は『ア』『ベ』と読めた。

『アベニュー、つまりリバーサイド　アベニューだ』

アパートの一階通路に立った可奈子は極度の緊張から身体が強張り、うなじからこめかみの毛が逆立つのを感じた。耳の奥で心拍動が鼓膜を敲き続けていた。紗恵を看取ってから川口市立グリーンセンター近くで安達の住む部屋を探した日が遠い昔のように感じられた。思えばあのときは哀しくも暢気なものだった。

一階には化粧合板のドアが三つ並んでいた。一番手前のドアには「笠原」と表札が出され、真ん中のドアには手書きで「寺川」と記された厚紙が貼り付けてあった。そして一番奥のドアの前に立った可奈子は、框の部分に貼られたビニールテープの切れ端のようなものに目を奪われた。テープの上に小さな文字で「森山」と書かれていたのだ。テープは薄汚れて縁が剝がれかかり、時間の経過を示していた。横浜から移ってきた当初のままなのだろう。紗恵が書いた文字だと思うと胸に熱いものが込み上げた。

可奈子は部屋の中の気配を窺ったが、何の物音も聞こえなかった。知美はこの中にいるのだろうか。音をたてないように全神経を集中し、息を止めてドアノブに手を掛けてみた。当然のことながら施錠されていて動かなかった。

『どうにかして知美の無事を確かめたい。でもどうやって？』

可奈子はドアノブを握ったまま考え込んでしまった。

その時、後ろで男の声がした。

「そこで何してるんだ？」

愛子は可奈子が出かけるのを見送ってから自宅に戻った。どう考えたところで今の自分にできることはない。だから待つしかないとわかってはいても家事に手を付ける気持ちになれず、数分おきに時計を確かめては溜息をついて過ごした。一時的に可奈子の迫力に圧されて同意したものの、考えれば考えるほど『やはり警察に頼むべきだったのではないか』との疑問と『可奈子先生を止めるべきだった』との後悔と、この先どうなるのかわからない不安が頭の中をぐるぐる廻っていた。

『幼い子どもがいなくなったら、直ぐ警察に通報するのが普通だ。可奈子先生がそれを強く拒んだのには何か理由があるのだろう。しかし、このまま明日まで放っておいてよいのだろうか。私が約束を守って黙っていたために可奈子先生と知美ちゃんが取り返しのつかないことになってしまったら……、死んでしまったりしたらどうしよう。大変なことだわ！』

頭に浮かんだ様々な事態が次々に悪い方向へと流れ、最悪の結末を連想させては愛子の良心を圧迫した。『すべて解決した』との知らせが、一刻も早く可奈子から送られてくることを祈りつつ愛子は待ち続けた。外では路地で遊ぶ子どもたちの歓声が響いていた。太陽が傾き始め、近隣マンションの黒い影が子どもたちを呑み込むクジラのように路地に入り込んできた。

『もう待てない。こんな状態のまま一夜を明かすなんて耐えられない。あぁ、どうしたらいいの？』

愛子は可奈子から渡されたメモを取り出し、確かめるようにじっと見つめた。そこには吉原の携帯電話番号が記されていた。

「そこで何してるんだ？」

男の声は可奈子を凍りつかせた。一瞬にして全身の血液が流れ出てしまったような寒気に襲われ、鼻腔から冷たい呼気が漂うのを感じた。

ドアノブから手を放すのも忘れて振り向くと、三十代後半と思われる痩せた長身の男がコンビニの袋を提げて立っていた。

「あ、あのぅ、まちがえました。失礼しました」

可奈子は蚊の鳴くような声でそう言って男の横をすり抜けて引き返そうとした。すると男は可奈子の行く手を塞ぐと同時に素早く彼女の右手首を捻り上げた。その腕力は異常に強く、可奈子の顔が痛みに歪んだ。男が鍵を開けようとして注意が逸れた瞬間、可奈子は逃れようとして男の向う脛を蹴とばしたが、彼は顔をしかめただけでびくともしなかった。

可奈子は部屋の中へ無理やり押し込まれ、ドアが閉まる音と同時に鼻骨の上辺りを拳骨で殴られた。唐突にもたらされた暴力の洗礼を受けて、可奈子は床に倒れて頭を酷く打ち付けた。あまりに急激な展開に、叫び声を上げることさえできなかった。仰向けになると喉の奥に血が滴り落ちるのがわかった。一瞬遠退いた意識が痛みと共に戻ってきた。倒れた姿勢のまま鼻を押さえて目を開けると小さな頭が見えた。まるで無造作に転がされた人形のようだったがそうではなかった。それは畳の上に横たわる知美だった。

可奈子は知美の肩に手を伸ばしてこちらを向かせた。半開きの瞼の奥の白目は濁り、口角からは泡状の唾液が垂れていた。動転と怒りが可奈子の全身を震わせた。可奈子は知美から目を離さずに言った。

「この子にいったい何をしたの！」

男が上から見下ろして言った。

「アンタ森山さんだろ？　紗恵はどうしたんだ？」

可奈子は答える代わりに尋ねた。

「あなたが深沢さん？」

「もう一発殴られたいか」

「知美に何をしたの？」

「眠らせてあるだけだ。泣いたり騒いだりされると困るんでね」

「薬？」

「あぁ」

「何の薬？　まさか覚醒剤？」

「心配ない、普通の睡眠導入剤だ」

可奈子は鼻の痛みを忘れて言った。

「普通ですって？　とんでもないわ。こんな小さい子どもに睡眠導入剤なんて……どうしてそんなこと」

深沢はフンと鼻を鳴らして言った。

「昔、妹尾の女房に飲ませるはずだった薬がいっぱい残ってたんでね。使ってみたらよく効いたよ」

「妹尾って……、奥さんが飛び降り自殺したんでしょ？」

「そう、自殺ってことになっちゃった。ホントは事故で死んでほしかったんだよ、

『薬を飲んで入浴中誤って溺死』みたいな……。あのときは免責期間中で、自殺じゃダメ。保険金が出ないからさ。妹尾はそう言ってた」

「それで、奥さんの事故死をあなたが請け負ったわけ？」

深沢が否定しなかったので、可奈子は続けて言った。

「でも彼女は自殺してしまった？」

すると深沢はニヤリとして答えた。

「そういう話になってる」

深沢の意味深長な表現に漂う不気味さを感じた可奈子は思わず尋ねた。

「あなた、その場にいたのね」

「いちいちうるさいんだよ。余計なおしゃべりは終わりだ」

電話番号のメモを握り締めた愛子は緊張のあまり全身の筋肉が硬直してしまったように感じた。ふと気づくと、指の関節が白くなるほど力が入っていた。力を抜こうとしても、固まってしまった関節はなかなかいうことを聞いてくれない。肩や腕を動かし、首を回し、少しずつ身体を解していくと、やや遅れて思考力が回復してきた。

『どのくらいの間こうしていたのかしら……』

子どもたちの声はいつの間にか遠ざかり、路地には黄昏の空気が漂っていた。

『手遅れにならないために……』

愛子は自分の判断で動く決意を固めた。一度深呼吸をすると、おもむろに受話器を取り上げてメモに記された番号を押した。


深沢はガムテープを取り出し、可奈子の両手を背中側で固定した。両足首をぐるぐると巻いた後、二十センチメートルほどの長さにちぎったガムテープで可奈子の口を塞ごうとして、ふと何か思ったように手を止めて言った。

「騒がないと約束するか?」

可奈子は頷いた。すると深沢は再び口を開いた。

「紗恵はどうして来ないんだ」

「死んだの」

「死んだ？　そんなの嘘だ」

「嘘じゃない。癌だったのよ、早く治療すれば間に合ったかもしれないのに……、ただごとではないってわかっていたはずなのに診察すら受けなかった。紗恵は自分から死ぬことを選んだとしか考えられない。なぜだかわかる？　あなたが犯罪に巻き込んだからよ」

　可奈子は早口にまくしたてた。

　紗恵が死んだと知った深沢は可奈子の糾弾の言葉など耳に入らなかったように無表情だった。何も言わない深沢の心理を、可奈子は『紗恵は秘密を握ったまま死んだのだから、もう警察にばらされる心配はない。俺は安泰だ』と考えているに違いないと読んだ。深沢は無言のままコンビニの袋からおにぎりを出して食べ始めた。カーテン越しに差していた西日の残光が消え、辺りは暗くなり始めていた。

　缶ビールを一本空けたところで深沢は部屋の明かりを点けた。可奈子は急いで知美を覗き込んだ。手足はピクリとも動かないものの、上腹部が微かに上下していた。

『よかった、呼吸している』

　可奈子はとりあえず安堵した。

　二個目のおにぎりを食べ終えた深沢はぼんやりと宙を見つめていた。暫くして溜息をついた深沢は独り言のように呟いた。

「好きだったんだ、思い出すんだよ、紗恵のこと。昔みたいに、また一緒に暮らしたかった……もう一度抱きたかったんだ。病気で死ぬなんて、なんだかな……」

その言葉の中には多少なりとも真意が含まれているように聞こえた。そのことが余計に可奈子を苛立たせた。『こんな人間に紗恵を好きだったなんて言われたくない』という怒りが込み上げてきた。次第に腹が立って黙っていられなくなった可奈子は吐き捨てるように言った。

「そんなこと信じられない。不愉快だわ。あなたは紗恵の口を封じるために探していたに決まってる。その程度の人間なのよ、そうでしょ？」

深沢は可奈子を睨みつけた。殴られることを予期した可奈子は身体を丸めて固くした。しかし、深沢はクスッと鼻で笑っただけだった。

『深沢は緊張が緩んでいる。何か仕掛けるなら今だ。でもどうしたら……』と、可奈子は思った。深沢が紗恵を来させるために知美を拉致したのなら、紗恵の死を知った今、利用価値のなくなった知美は邪魔な存在である。

『今のうちに知美を助けなければ……』

谷本由香里はノックの音に驚いて部屋の照明を点けた。可奈子と別れた後、頭痛を理由に自宅アパートに戻った由香里は時間が過ぎるのも構わず、座り込んだままぼんやりしているうちに日が暮れてしまったのだった。紗恵が出て行ってから後、夜この部屋に来る者は店のオーナーしかいないはずだが、彼は鍵を持っているのでノックはしない。由香里はドアの近くまで行って緊張した小声で言った。

「だれ?」

「吉原」

「えっ」

「よ・し・は・ら」

内心ほっとした由香里はドアを開けて言った。

「何度も言わなくても聞こえてるわよ。どうして来たの?」

「店に行ったらオーナーがここを教えてくれたんだ」

「あのおしゃべりが……、とにかく警察が来てるとこなんて人に見られたら困るから早く入ってよ」

「元警察だ」

由香里が外を窺うようにしてドアを閉めた後、吉原がそう訂正すると由香里は大げさに溜息をついて言った。

「何の用？」

「深沢の居場所を教えてくれないか？　所轄の連中も奴を追っているんだが、まだ住所がつきとめられないそうだ」

「さあね、知らない。関わりたくないんだから、巻き込まないでよ」

「森山先生の孫が深沢に連れ去られたらしい。先生は一人で孫を救出しに行ったそうだ。彼女が深沢を見つけるために頼れるのはお前さんしかいない。今日の昼過ぎ、店に現れたそうじゃないか、ここに来る前、店に寄ったらオーナーがそう言ってた」

だんまりを決め込んだ由香里は質問に答える代わりに腕組みをして壁に寄りかかった。吉原は静かな声で語りかけるように言った。

「あの女の子は浦和の家で森山先生と幸せそうに暮らしていたよ」

視線を落とした由香里に向かって吉原は続けた。

「森山先生はあの子が自分の孫じゃないことを知っているような気がするんだ。それでもあの人は命懸けで助けに行ったんだよ。娘さんのことを助けられなかった償いをするつもりなんだろう」

由香里は下を向いたまま返事をしなかった。吉原は辛抱強く待った。やがて由香里の肩が小さく震え出し、組んだ腕の上に涙が落ちた。その涙の意味を推し量るほどの余裕はなかったが、由香里が意外に早く態度を軟化させたことに吉原は内心安堵した。

　少し泣いた後、由香里はかすれた声で言った。

「わかった」

「案内してくれるか?」

「オーケー」


　深沢が可奈子と知美をどうするつもりなのか……、可奈子はあまり考えたくなかった。手持ちの現金を差し出したとしても解放されることはないだろう。そして言うまでもなく、可奈子のバッグは既に深沢の手中にあった。深沢はバッグから財布を取り出し現金を抜き取って自分のポケットに入れて言った。

「カード類は何処に入れてるんだ?」

「キャッシュカードやクレジットカードは使う予定があるときしか持たないことにしているの」

「ちぇっ、信じらんねぇ。アンタってホントに変人なんだな。紗恵の言ってた通りだ」

用心深い性格の可奈子がカード類を持ち歩かないのは事実だったが、深沢はなおもバッグの中を探り続けていた。

可奈子が言った。

「お金が必要なんでしょ？　私たちを助けてくれれば、まとまった金額を用意するわ。あなたのことは誰にも言わない。約束するから帰らせてちょうだい、お願い」

深沢は答える代わりに鼻で笑った。可奈子は深沢が簡単には乗ってこないことに不安を感じた。この監禁状態を脱する策が浮かばないのだから、とりあえず時間を稼がなければならない。可奈子はとにかく話し続けることにした。

「さっき言ってたわよね。妹尾さんのご主人とあなたは赤ちゃんの誘拐を仕組み、傷心の奥さんが睡眠導入剤を大量服用して風呂で溺死するよう仕向ける計画だったって」

深沢の顔から笑みが消えた。可奈子は今度こそ再び殴られることを予期して身構えた。しかし、深沢は可奈子のバッグを部屋の隅に投げつけて煙草に火を点けただけだった。肺に深く吸い込んだ煙を吐き出してから深沢が言った。

「そんな話は知らない。証拠はない。俺は無関係だ。わかったか」

可奈子はなおも食い下がった。

「妹尾さんからマンションの鍵を預かっておけば侵入は簡単よね。事故に見せかけて奥さんを殺す約束だったんでしょ。でも、予定通りにはいかなかった。手違いがあってあなたは奥さんをベランダから突き落としてしまった。慌てたあなたは侵入の形跡を消してその場から逃げた。皮肉なことに、警察はあなたたちの思惑とは違う『自殺』という結論を出した。本当はあなたが殺したのに……」

深沢の表情が険しくなった。記憶に刻まれた妹尾今日子の最期の表情が可奈子の言葉によって呼び覚まされたのだ。

あの日、夫の外出中に突然侵入してきた見ず知らずの深沢から無理やり酒と薬を飲まされそうになった今日子は、わけもわからないまま部屋の中を必死に逃げ回った。ベランダに追い詰められた今日子は助けを求めるために身を乗り出して下を見た。しかし眼下の駐車場に人の姿はなかった。そのとき、小さな子どもがボールを追いかけて駐車場に走ってくるのが見えた。今日子はさらに身を乗り出して「助けてー」と叫んだ。子どもは一瞬ビクッとして立ち止まったが、声の主が頭上十四階にいるとは考え及ぶはずもなかった。駐車場に入って遊んでいることを咎められたと思い込んだ子どもは慌てて走り去った。そして今日子は既に身を乗り出し過ぎていた。

ここで今日子が落ちてしまうと筋書きが狂ってしまうと考えた深沢は、とっさに今日子の足をつかまえようとした。ところが深沢の手をなおも逃れようとした今日子は完全にバランスを崩して落ちていったのだった。その恐怖に歪んだ顔……両目の瞳は虚ろな黒い穴のようだった。

深沢は急に立ち上がった。どうすれば今日子の死相を頭から振り払うことができるのかわからない……その不快感をぶつけるように可奈子を睨みつけた深沢は、おもむろに右足を上げると可奈子の頭を容赦なく踏みつけて言った。

「黙れ！　あの女が落ちたのは本当に事故だった」

とっさに顔を背けた可奈子は直に顔面を踏まれることは避けられたものの、こめかみと頬骨が畳に酷く擦られてヒリヒリと痛んだ。深沢はもう一度ぐっと踏み込んでから足を退けて言った。

「あれは事故だった。『自殺』にしたのは警察だ、俺じゃない。なのに妹尾は俺のせいで保険金がパーになったと言って約束の金をよこそうとしなかった。でも、俺には自分の働いた分の金を要求する権利がある。そうだろう？」

可奈子は顔の擦り傷をかばうように顎を突き出して天井を見上げた。視界の端に深沢の怒りに燃える顔があった。可奈子は言った。

「それで、あなたは妹尾さんのことを強請ってたのね」

「言っただろ、俺にはその権利がある。でも全部で三百万しか受け取ってない。良心的だろ？　受け渡しのときに慌てて数えなくて済むように帯封の束三本にしてくれって注文は付けたけどね」

「それなら、どうして今頃になって妹尾さんを殺したのよ？」

可奈子の投げかけた質問に深沢の眉尻が上がった。彼は可奈子を見下ろして別人のように低い声で言った。

「俺が妹尾を殺したなんて誰が言ったんだ」

可奈子は震え上がった。深沢は次に何をするか見当がつかない……恐怖のために思考が回らない。

可奈子は素直に答えた。

「警察の人」

「警察？」

「そうよ、警察。きっともう直ぐここへも来るわ」

深沢はフンと鼻を鳴らして可奈子から少し離れたところに腰を下ろした。今のところ再び暴力が振るわれることはなさそうだ。可奈子はできるだけ距離をとるために壁の方へ少しずつ身体を動かした。深沢は二本目の缶ビールを開けて一口飲んでから言った。

「妹尾が先に俺を刺そうとしたんだよ。ここ数年、妹尾からは時々小遣銭をもらう程度で、おとなしくしていた。だけど近頃景気が悪くてさ、今度も少し分けてもらおうとしただけなのに、妹尾は俺を殺そうとしたんだ」

「だから、お金なら私がなんとかして……」

そこまで言ったところで深沢が可奈子の言葉を遮って言った。

「そうだ。妹尾の赤ん坊を始末したのは紗恵なんだから、母親のアンタがその責任をとるってのもアリだよな。紗恵は俺の百万を持ち逃げしやがったしな……まだ二百万あったんだ。大事にとってあったのに、半分持って行きやがったんだぜ」

可奈子は身体を起こして壁に寄りかかった。体中が痛んで声を上げそうになったが、座る姿勢になったことで視界が広くなった。深沢は可奈子の動きを目で追いながらビールを飲んでいた。

知美が小さく呻いて身体を動かした。意識が戻ったわけではなかったが、呼吸状態に変わりはなく安定しているように見えた。

可奈子は深沢に向き直った。大きく息を吸い込むと、何かのスイッチが入ったように厳しい口調で言った。

「ちょっと待ちなさいよ。紗恵はあなたの命令で妹尾さんの赤ちゃんを誘拐した。でも、殺さなかった。その代わりあなたから逃げたのよ、赤ちゃんを連れて……」

可奈子は頭を振るような仕草で知美の方を顎で指し示して続けた。

「そして、この知美があのときの赤ちゃんだわ！」

深沢の両目が倍ぐらいの大きさになり、たっぷり一分間近く沈黙が続いた。深沢の反応が予想外だったので、可奈子はここでカードを切ったことが逆効果だったのではないかと心配になった。過去の誘拐事件と偽りの自殺の裏側を知っている可奈子を深沢は簡単には解放しないだろう。闇に葬り去ろうとするに違いない。可奈子は一枚しかない切り札を勢いで使ってしまったことを後悔した。

突然、深沢が可笑しそうに笑い出した。

「ダメダメ、それはないね。有り得ない。アンタ頭おかしいよ」

誘拐された赤ん坊が知美だと聞いて、深沢は演技ではなく本当に驚いているように見えた。それは可奈子にとって意外だった。

『だとすると知美は誘拐された赤ちゃんではないのだろうか？　いや、そんなはずはない。そうでなければ話の辻褄が合わないではないか……』

可奈子は不安になったが、ここで引き下がるわけにはいかなかった。彼女は深沢に向かって挑むように言った。

「だって紗恵に赤ちゃんを殺せるはずない」

深沢はそっぽを向いていたが可奈子は構わず話し続けた。

「紗恵が死んで、私はあの子のことを全然理解していなかった現実を突き付けられた。その空白を埋めようとして、私はあの子が家出してから死ぬまでの十年間を辿った。私の知らないところで、あの子がどんな気持ちで生きたのかをどうしても知りたかったから。そしてわかったの、紗恵は心の底から赤ちゃんを欲しがっていた……優しい母親になる夢を持っていた。たぶん、私から愛されなかったと思っていたからなんだわ。紗恵にとって赤ちゃんは幸せの象徴だった。だから殺すはずはないのよ」

深沢は苛立ったように首を横に振って言った。

「うるさいんだよ。誰もアンタの考えなんて聞いてない。今さらそんなことごちゃごちゃ言われたって俺には関係ないね。とにかく赤ん坊は死んだ、それもさらってきた日にだ！　わかったか！」

「私はそんなこと信じない。赤ちゃんは死んでない。生きてる！」

深沢の顔から表情が消えた。沸点に達した怒りは一気に体中を駆け巡り、抵抗できない弱者をいたぶる冷酷さに集約した。短い沈黙の後、彼は空になったビールの缶を可奈子めがけて投げつけた。缶は可奈子の頭をかすめて壁に当たり、カシャっと軽い音をたてて落ちた。

「ちぇっ」

深沢は舌打ちして立ち上がると、今度は台所に行って流し台の引き出しを開けた。そして、こちらに向き直った彼の右手には包丁が握られていた。その包丁の柄は乾いた血のりのためにどす黒く変色していた。深沢が言った。

「こいつを処分に困って、そのまま持ってきちまったんだけど、役に立ちそうだぜ」

可奈子は目前に迫る死を初めて意識した。

『あぁ、そうか、私は殺されるんだ！　こんな場所で唐突に一生が終わることになるなんて考えてもみなかった……』

全身に鳥肌が立った。筋肉が冷たく硬直して、身体が急に自分のものではなくなった感覚に襲われた。叫ぼうとしても声が出ない。ヒィーヒィーと乾いた息が唇から漏れるだけだった。

包丁を手にした深沢が近づいてきて可奈子の目の前に立った。

可奈子は思った。

『これで全て終わりだ』

ほんの一瞬、紗恵が知美を連れて帰ってきた後の幸せな数週間が胸に蘇った。可奈子は包丁が振り下ろされる衝撃を覚悟して首を竦めて目をつぶった。

ところが、それは起きなかった。深沢は可奈子の前を通り過ぎたのだ。恐る恐る目を開けると、深沢は部屋の中央に立って知美を見下ろしていた。

可奈子はハッとした。

『大変だっ！　知美が……。何とかしてやめさせなくては……』

身を乗り出そうとして身体を捻ったとき、後ろで縛られた手に何かが触れた。先ほど深沢が投げつけた空き缶だった。壁に当たった衝撃でアルミが少し裂けていた。可奈子は深沢に気付かれないようにそっと缶を摑み、音がしないようにゆっくり力を加えて缶を潰した。するとアルミの裂け目部分が出っ張った状態になって指が切れた。

可奈子は砂のようにざらつく声で言った。

「何でも言う通りにするから、お願い、知美に手を出さないで！」

深沢は振り返り、可奈子に顔を向けて吐き捨てるように言った。

「うるせぇんだよ！」

再び背を向けた深沢は足で知美を部屋の端に転がした。その行動の意図が理解できない可奈子は混乱した。ただ、深沢の異様に光る目は彼が常軌を逸していることを物語っていた。蹴とばされた知美は小さく唸ったが、目は閉じたままだった。

深沢は唸るように鼻息を吐いた。怒りの感情が全身からほとばしり出ていた。可奈子は為すすべもなく彼の動きを凝視していた。

すると次の瞬間、全く予想外のことが起きた。

深沢が知美を退けた畳に包丁を突き立てたのだ。

「畜生、アンタの言い方、偉ぶった口のきき方がいちいち癇に障るんだよ。アンタの間違いを今ここで見せてやる！」

そう言って、深沢は勢いよく畳の端を持ち上げた。

先ほどから空き缶の鋭利な縁を両手首に巻かれたガムテープに当てて切り離そうとしていた可奈子はまさかの展開に思わず空き缶を取り落してしまった。缶はカシャッと音をたてたが、畳を持ち上げる音に紛れたおかげで深沢に気付かれずに済んだ。可奈子は缶をそっと拾い、根気よくガムテープに擦りつけた。やっとテープの一部に切れ目が入り始めたとき、深沢は床下の土を手で除けているところだった。

「ほらっ、俺の言った通りだ」

突然、深沢が勝ち誇ったように声を上げた。

「よく見ろ！」

深沢の手には土にまみれたビニール袋が握られていた。彼はその袋を可奈子の前に持ってきて床に投げ出した。袋の中身は子猫ほどの大きさの黒褐色をした不定形物で、半分は泥状化しているようだった。ドサッと床に落ちた拍子に、有機的な異臭のする黒っぽい水が袋から少量こぼれ出た。いわゆる腐敗臭とは違う、今までに嗅いだことのない臭いが漂った。泥とカビに加えて、まるで磯の香が混ざったような何とも言えない不快な臭いだ。酸素の少ない状態で分解が進行したものと想像された。

深沢が言った。

「このくらいになれば、どっかの山奥に埋めるのも簡単だし、なんならこのまま生ごみに出しても絶対バレないね」

可奈子は袋の中身をじっと見つめた。そして、深沢が言うようにこれが決定的なものであることを悟った。なぜなら、そこに小さな下顎骨の一部が含まれていたのだ。

それは紛れもなく人間の赤ん坊の遺体だった。


突然、呼び鈴のブザーが鳴り同時にノックの音がした。

深沢はビクッとしてドアを見やった。ドアに向かいかけた足を止めて戻ってきた深沢は、可奈子の口にガムテープを貼った。そして二度目のノックに答えた。

「だれ？」

「アタシ、谷本由香里。ドアを開けてよ」

「今、忙しいんだ。後にしてくれ」

由香里はドアに口を近づけて言った。

「紗恵から預かったお金、持ってきたのに？」

深沢は躊躇したものの、思い直して言った。

「わかった」

深沢がドアを細く開けた。同時に、部屋の奥では可奈子が自由になった手で口のガムテープを剝がした。そして声を上げた。

「助けてっ！」

慌てて閉めようとした深沢の動きよりも早く、蝶番の側に身体を潜めていた吉原の両手がドアの縁に掛かった。深沢はドアノブを思い切り引いて吉原の手を挟もうとした。力任せの引っ張り合いが数秒続いた後、吉原の肩がドアを押し開けた。

深沢はドアから手を放し室内に駆け戻ると、畳に刺さった包丁を引き抜いて構えた。吉原が言った。

「もう終わりだ。包丁を置け」

深沢は包丁の切っ先を吉原に向け、距離を確保しようとして後ろに下がりながら言った。

「うるせぇ、どいつもこいつも何で俺の邪魔すんだよ」

このやりとりの間に足首のガムテープを取り除くことができた可奈子は痺れた脚を引きずるようにして深沢の背後に近づいた。深沢の正面に立っている吉原は可奈子の動きの意図を測りかねて困惑した。

『森山先生、いったい何をするつもりなんだ？　それ以上近づくと危険だ。頼むから離れていてくれよ』

深沢が吉原に向かって威嚇するように言った。

「ここから出て行けよ、早く……」

深沢はその台詞を最後まで言うことができなかった。理由は、可奈子が深沢の脚部めがけて体当たりしたからだった。背後からの不意打ちでバランスを失った深沢に吉原が跳びかかった。二人は揉み合いになり、吉原は自分よりもはるかに若い深沢の腕力に苦戦した。深沢の手から包丁を落とさせることはできたものの、逆上した深沢に首を絞められそうになり窮地に陥ってしまった。

可奈子はとっさに摑んだ自分のバッグを振り回して深沢の背中をひっぱたいたが全く効果なく、深沢は吉原を絞め続けた。そこで可奈子はバッグのショルダーストラップを伸ばし、紐状にして両端を持ち、今度は深沢の首めがけて跳びついた。その一撃は深沢の頭に引っ掛かり、あたかも巨人の額にハエが止まったような図を呈した。深沢は吉原から手を放して可奈子に向き直って吠えた。

「畜生、このババァ！」

深沢が可奈子の胸ぐらを摑む寸前、吉原が深沢の腕を背中側に捻り上げた。なおも抵抗する深沢を吉原が壁に押し付けたところに数人の刑事が駆け込んできた。先頭を切って入ってきた鳴海が吉原に代わって深沢の腕を押さえ、手錠を掛けながら「かくほーっ」と叫んだ。

深沢を他の刑事に引き渡してから、鳴海は吉原に小声で言った。

「吉原さん、スタンドプレーは困りますよ。間に合ったからいいけど、これで取り逃がしでもしたら大変でしたよ、まったくもう……」

鳴海はまだ文句を言いたそうだったが、吉原は笑顔で鳴海の肩に手を置いて言った。

「大丈夫、間に合ってくれると信じていたさ。ありがとう」

毛布を持った刑事が入ってきて、知美をそっと抱き上げた。そして可奈子に向き直って言った。

「もう直ぐ救急車が着きますからね」

可奈子は頷いて知美の顔を覗き込んだ。普通の寝顔に戻った知美を見て、危機が遠退いたことを確認した途端に力が抜けて傷が痛み始めた。激しい疲労のために床にへたり込み、そのまま動けずにいる可奈子に吉原が声を掛けたのは、鳴海に状況の説明を一通り終えた後だった。

「森山先生……」

そう言いかけた吉原は可奈子の顔を初めて正面から見て次の言葉を呑み込んだ。深沢に殴られた眉間は鼻筋がわからなくなるほど腫れ上がり、瞼が開かない状態であるにもかかわらず、可奈子は微笑もうとした。それほどに、吉原が駆けつけてくれたことが嬉しかったのだ。ところが頬の擦り傷が引き攣れて痛みが走り、口元が歪んでしまった。張りつめていた感情のコントロールが揺らぎ、可奈子はいつの間にか泣き顔になっていた。

吉原は何かに突き動かされるように可奈子の両肩を抱き寄せて言った。

「よく頑張った！　見直しましたよ、森山先生。生きていてくれてよかった。しかし、ここまでやるとは、あなたという人には驚きだ」

可奈子は吉原の腕の中で、ふと誰かに守られる心地よさを思い出した。はるか昔に失くしてしまった感覚だ。それを悟られまいとして慌てて言った。

「私の顔、そんなに酷い？」

「大丈夫、直ぐ治りますよ」

答えに窮した吉原は、とっさにそう言うことしかできなかった。可奈子は僅かに開いた目で吉原の顔をしっかり見ようとして顎を上げた。そして一呼吸おいてから言った。

「あの男、私のことをババァって呼んだのよ！　そう言われてもおかしくない歳かもしれないけど、やっぱり失礼だわ。許せない」

彼女らしい言葉を聞いて、吉原はホッとしたのと同時に吹き出しそうになるのをこらえるのに苦労した。

鑑識係が到着して室内の写真を撮り始めた。床下から出てきたビニール袋がトレーに乗せられると、吉原は手を合わせて一礼した。運び出されるトレーを目で追いながら可奈子が呟いた。

「深沢が引っ越さないでここに住み続けていたのは、このためだったのね。私の負けだわ。赤ちゃんは絶対生きている、それが知美だって信じていたのに……。知美の親探しも振り出しに戻っちゃった。ただ、どうしても納得できないのは紗恵が自分の手で赤ちゃんを殺したっていう深沢の話……そんな説明、私には到底受け入れられない」

吉原が言った。

「森山先生のおっしゃる通り、紗恵さんは直接手を下してはいないと思いますよ」

可奈子が驚いて顔を上げると、吉原はドアの外に立ち尽くしている由香里に向かって声を掛けた。

「なぁ、そうだろう？　そろそろ話してくれないか、本当は何があったのかを」

由香里は突然指名されたことに戸惑いを見せたが、一度大きな溜息をつくと諦めの表情を浮かべて小さく頷いて話し出した。

「このアパートに連れてきたとき、赤ちゃんがコンクリートの床に落ちちゃったのよ。紗恵は抱っこひもの使い方をよく知らなかったから、ひもが緩んだ状態で深沢に急かされて不用意に屈んだ拍子に落ちちゃったんだって。赤ちゃんはぐったりして揺すっても反応しなくなった。紗恵は直ぐ病院に連れていこうとしたけど、そんなこと深沢が許すはずないじゃない。考えてみると、深沢は最初から赤ちゃんを始末するつもりだったのかもしれない。そして翌日、赤ちゃんの身体は硬く冷たくなっていた……アタシのアパートに転がり込んできたとき、紗恵はそう言ってた。もともと深沢は『ちょっと脅しをかけるだけだから赤ちゃんは直ぐ返す』って説明して紗恵を騙したんだって」

鑑識係の仕事をぼんやり眺めながら由香里は続けた。

「深沢は証拠が残らないように赤ちゃんの服を処分しろって言ったそうよ。紗恵は泣きながら赤ちゃんの服を脱がせて『ごめんね、ごめんね』って言いながら、身体をきれいに拭いてあげた。それから新しいタオルでそっと包んで置いて、夕方の買い物に出るふりして一人で飛び出してきたわけ。深沢がその後赤ちゃんをどうしたかは考えたくないみたいだった。紗恵が赤ちゃんの服を言われた通りに捨てたかどうかは何も言ってなかったから、私は知らない……」

由香里の話を聞きながら、可奈子は紗恵の荷物の中から見つけた水色のベビー服を思い出していた。事件の経緯が明るみに出れば証拠の品となることはわかっていたのに、紗恵はその服をきれいに洗濯して丁寧にたたんで大切に持ち歩いていた……。何故そんなことをしたのかを考えると、可奈子はせつなさで胸がいっぱいになった。

「……アタシのところに来た紗恵は突然泣き出したり、ボーっと抜け殻みたいになったり、精神的にヤバイ感じだった。でも、だんだん元気になったの」

ここまで話したところで、由香里は吉原に顔を向けて言った。

「その後は、こないだ話した通りよ。何年かアタシのところに居候して、紗恵を気に入ってる川口のお客のところに行ったわけ。これで全部」

女性警官がやってきて、可奈子に救急車が待機していることを告げた。助けを借りて可奈子が立ち上がろうとしたとき、吉原が由香里に言った。

「まだ森山先生に話すことがあるんじゃないか？」

「……」

「いつかはわかることだ。話して楽にならないか？　あの子の母親がだれかを」

吉原がその質問を発すると、女性警官に支えられて歩き出そうとしていた可奈子はぴたりと足を止めた。しかし、由香里は黙ったままだった。吉原は再び口を開いた。

「森山先生はあの子が紗恵さんの子ではないことに気付いていた、そうですね？」

可奈子が頷くと吉原は由香里に向かって続けた。

「それでも先生はあの子を命懸けで守ったんだぞ。頼むから本当のことを話してあげてくれないか」

由香里の唇がわなわなと震え出した。一言ひとことが自身に突き刺さる苦痛に顔を歪ませて由香里は語り始めた。


由香里が紗恵と出会ったのは、紗恵が深沢とともに横浜から移ってきて間もなくの頃だった。『ミンク』で働くことになった紗恵に由香里が店の約束事などを説明したのがきっかけで、二人はよく話すようになった。お互いの波長が合って、ごく自然な流れで友達になった。

ある日、風邪を引いた由香里に食べ物を届けようとした紗恵がアパートを訪ねた。

「おにぎり買ってきた」

「ありがと」

「他に何か欲しいものある？」

由香里が首を横に振ってドアを閉めようとしたとき、部屋の中で小動物の鳴き声がした。

「えっ、猫ちゃんいるの？　ちょっとだけ見せて見せて！」

由香里の返事を聞かないうちに、紗恵は室内に入った。そして、台所の床に無造作に置いてあった段ボール箱を嬉しそうに覗き込んだ。突然、紗恵の顔から笑みが消えた。ハッと息を呑み両手で口を覆った紗恵は一歩下がって顔を上げると由香里を見つめた。

それは子猫ではなかったのだ。

段ボール箱の中にいたのは汚れたオムツを脚に絡ませた裸の赤ん坊だった。驚きのあまり沈黙してしまった紗恵に向かって由香里が言った。

「現金で十万円あれば中絶できたんだけど、その十万円が用意できなくて……」

紗恵はかすれた声で訊いた。

「お腹に赤ちゃんがいて仕事してたの？」

「オーナーは気付いてたと思うけど、アタシが働ける限りは何も言わない人だからね。それに、お客の中には妊婦とナニしてみたいっていう奴もいるのよ」

「そんなことして具合が悪くならなかったの？」

由香里は赤ん坊を見下ろして言った。

「お腹の子が死んでくれればいいと思ったくらいよ。アタシって酷い女だと思う？」

しかし、紗恵は由香里を責めなかった。その代わり、もう一度床に座り込んで赤ん坊の頬にそっと触れて言った。

「この部屋で生んだの？　一人ぼっちで？」

「うん」

「いつ？」

「半年くらい前」

「名前は？」

「あぁ、名前なんて考えなかった……。最初はオムツとか粉ミルクとか抱っこひもとか買ったんだけど、どうしたらいいかわかんなくて、もう嫌になっちゃった」

紗恵は立ち上がって由香里の目を見つめた。由香里は顔を歪ませて何度も頷いた。

紗恵は突然両手をひろげ由香里を強く抱きしめると呟くように言った。

「あぁ、かわいそうに……」

その瞬間、必死でまとっていた氷の棘が一気に溶かされて、とうとう由香里は泣き崩れた。涙が心の傷をすべて洗い流してくれることを祈るように、二人は泣いた。

深沢の誘拐計画を紗恵が手伝わされたのは、その一か月後だった。拉致した赤ん坊を死なせてしまった紗恵は由香里のアパートに身を寄せた。育児放棄の由香里に代わって、紗恵は自ら進んで由香里の赤ん坊の世話をした。死んだ赤ん坊への償いの気持ちからか、紗恵はハイハイをするようになった赤ん坊を「知美」と名付けて一生懸命に愛した。深沢の嫌がらせや脅しに怯えながらも、紗恵は知美といると安らぎのようなものを感じるようになっていった。こうして三人の生活は二年以上続いた。

一人遊びをしている知美を見ながら、紗恵が由香里に言った。

「普通なら知美はそろそろ幼稚園に行っている年でしょ、小学校に上がる前に何とかしてあげないと……」

由香里はカップめんをすすりながら気乗りがしない様子で言った。

「何とかするって言ったってどうしようもないよ。この子は戸籍上存在してないんだもん。そうだ、紗恵のお母さんは歯医者の先生なんでしょ、助けてくれない？」

紗恵は溜息をついて答えた。

「無理だわぁ、もしあの人がこの状態を見たら『私に恥をかかせないで！　今すぐ私から遠く離れたところに行って、消えてなくなってしまいなさい』って言うだろうな。許すっていうことを絶対にしない人だから」

ティッシュの箱をいじっていた知美が紗恵のひざに乗って遊び始めた。知美は紗恵のことをママと呼ぶようになっていたが、由香里はそのことをあまり気にしていない様子で自分のことを「ゆかりお姉さん」と呼ばせていた。

唐突に笑い出した由香里が言った。

「じゃあさ、この子、紗恵にあげるよ。百万でどう？」

「冗談やめて」

「アタシは本気よ。ほらっ、紗恵にご執心で指名してくる男がいたでしょ」

「安達のこと？」

「そう。紗恵がこの子を連れて御人好しの安達のところに転がり込めばいいと思わない？　たしかバツイチ独身って聞いたような気がするし」

それは驚くほど短絡的な発想だった。紗恵は安達のことを客の一人としか考えていなかったので、由香里の発案は馬鹿げていると思った。しかし一方では、たとえ安達を欺くことになっても家族らしく生活できることはとても魅力的に思えた。

眠気を催した知美の機嫌が悪くなってきたので、紗恵は座布団に知美を寝かせた。自分も横になって知美の背中を撫でてやっていると、由香里が何気なく言った。

「そういうときってさ、ママは子守唄とか歌うんじゃない？」

紗恵の手が止まった。一呼吸おいて再び手を動かし始めた紗恵は、心が何処か遠くへ飛んでいるような目線になって答えた。

「子守唄なんて歌ってくれなかった……お母さん、添い寝をしてくれたことさえなかった。私のこと好きじゃなかったから」

ライターを手にしていた由香里が唇に煙草を挟んだまま呟いた。

「歌ってくれたかもしれないよ。自分が小さかった頃に親が子守唄を歌ってくれたかどうかなんて、誰だって覚えてるわけないじゃない。アタシなんかさ、思い切りひっぱたかれたことしか覚えてないよ。すごく痛くて、すごく怖かった。普通はさぁ、『アンタのために添い寝をしたり子守唄を歌ったりしたんだよ』って大人が話して聞かせるから、子どもも覚えてるような気になるんだと思うなぁ。あーぁ、アタシがこんなこと言うと何か変……可笑しいよね」

由香里はクスッと笑って煙草に火を点けた。

数日後、紗恵は深沢の留守を狙ってアパートに戻り、捨てずに持っていた鍵を使って部屋に入った。一緒に暮らした経験から、紗恵は深沢が意外にケチであることを知っていた。今でも現金を部屋に置いているか定かではなかったものの、妹尾から脅し取った金を大事にしまった上で小金をせびっている可能性は十分考えられた。そして予想通り、紗恵は冷凍庫の奥に押し込まれた新聞紙の包みを見つけた。

包みを開いた紗恵は思わず呟いた。

「こんなにたくさん……」

手の中には百万円の束が二束、二百万円あった。突然、腕の中で死んでいった赤ん坊の重さが蘇った。紗恵は震える手で二束のうち一束を取り出し、残りを冷凍庫に返した。焦る気持ちを抑えて、紗恵は部屋の中を見渡して心に念じた。

『赤ちゃん、今、どこにいるの？　あなたの亡骸を置き去りにして……ごめんなさい』

紗恵は小走りに駅に向かった。できるだけ早く由香里のアパートから出なければならない。深沢の前から姿を消しさえすれば一安心だ。紗恵はバッグを握り締めて思った。この金はまともな金ではない。だから、深沢は紗恵と由香里に下手な手出しはできないはずだ。

アパートに戻った紗恵が百万円の束を見せると、由香里は目を丸くして言った。

「これ、どうしたの？」

「深沢のとこから」

「正気？　殺されちゃうよ」

「大丈夫、直ぐ逃げるから。深沢が探しに来ても、知らないって言ってね」

紗恵はそう言ってから、少し口ごもって続けた。

「あのぅ、このお金あげるから知美を連れて行っていい？」

「えっ？」

「百万で譲ってくれるって……」

由香里は紗恵の言葉の意味を初めて理解し、さらに目を丸くして訊いた。

「このお金、そのために盗んできたの？　命懸けで？」

紗恵が頷くと由香里は笑みを浮かべて言った。

「あの子は紗恵のことをママだと思ってる。紗恵がここに来てくれなかったら、アタシはあの子を殺していたかもしれない……。アタシもお金は欲しいけど、そのお金は紗恵が持って行きなよ。アタシのためにも知美を連れて早く逃げて」

紗恵は札束の帯封をちぎって半分を由香里に渡し、残りは帯のかかったままバッグに入れた。数分後、僅かな身の回り品を持った紗恵は知美の手を引いて由香里の部屋を出ようとしていた。別れ際に由香里が言った。

「二人とも幸せになってね。『ゆかりお姉さん』はこれでお別れだよ」

知美は出かけるのが嬉しくて、上機嫌で何度も振り返っては手を振った。

「バイバイ」

由香里は吉原と可奈子の表情を確かめるように交互に見てから、うつむいて小さな声で言った。

「これで全部よ」

可奈子は一歩近づいて由香里の肩に手を置くと、ただ一度だけ頷いた。その後、女性警官に促された可奈子が救急車の待つ外に向かって歩き出したとき、由香里が後ろから声を掛けた。

「紗恵が最後に頼ったのはアタシじゃなくてアンタだった、アタシはそれが気にくわなかったの。アタシのところに来られても何もできなかっただろうってわかっていても、やきもちを焼いたのよ。だって、アンタのことを紗恵はあれほど嫌っていたのに……」

可奈子は背を向けたまま顎を引いて答えた。

「紗恵は私を頼ったのではなくて、私に償いのチャンスを与えてくれたのだと思っているのよ。全部話してくれてありがとう。感謝してるわ」

可奈子はそのまま歩き去った。言葉の終わりが嗚咽になるのを必死でこらえて精一杯毅然としている可奈子の残像が、吉原の胸にいつまでも留まっていた。

平成二十五年　晩秋

昼下がりの柔らかな日差しの中、常盤台交番の記念碑の前に立った可奈子は碑の文言に目を走らせてから言った。

「もしこのお巡りさんがいらっしゃらなかったら、私が吉原さんとお目にかかることもなかったかもしれませんね。なんだか不思議なご縁だわ」

吉原は頷いたが無言だった。可奈子は吉原の顔を覗き込むようにして尋ねた。

「一つ教えていただきたいことがあるんですけど……知美が由香里さんの子だと、吉原さんはどうしてわかったんですか？」

「抱っこひもです」

「えっ？」

「櫻井美咲の話では、抱っこひもは新品ではなかった。横浜から来たばかりの紗恵さんに子どもがいなかったとすれば、抱っこひもを借りられる知人は限られるでしょう」

「なるほどね……浦和の自宅で吉原さんからあのアップリケの絵を見せられたとき、

『万事休す』だと思いました。私はホントに追い詰められた気分だったんですよ、紗恵の命だけでなく知美も私の手から奪われてしまうことが恐ろしくて……。わかっていたのなら最初から説明してくだされればよかったのに……」

するとと今度は吉原が可奈子に顔を向けて言った。

「あの時点では、紗恵さんが連れていたのは誘拐された赤ん坊の可能性が高いと考えていました。しかし、赤ん坊は二人いたんです。このパズルの最後のピースを掴んで謎が解けたとき、森山先生は無謀にも単独でリバーサイド・アベニューに乗り込んでしまった後だったというわけです。ところで、『お孫さん』は元気にしていますか？」

「ええ、さいたま市や教育委員会の担当者が『お子さん本人の幸せが一番大事』って考えてくれて、皆さんのおかげで何とかなりそうです。役人も捨てたもんじゃないなって思いました。知美は来春から小学生です」

「それは良かった、本当に良かった」

澄んだ空高くに白糸のような雲が軽やかに流れていた。可奈子は穏やかな笑みを浮かべて言った。

「じつは、私が子守唄を歌わなかったのは本当なんですよ」

「はぁ」

吉原の曖昧な返事をまるで気にしない可奈子は話し続けた。

「娘を甘えん坊にしたくなかったからなんですけど、私にとって都合のいい言い訳だった。可愛いだけの時期が過ぎると、今度は紗恵の学校の成績が良くないことに凄く腹が立ったんです。私の子どもがこんなバカなはずはないってね。今思えば子どもの愛し方がわかってなかった……」

「みんなそんなもんでしょ」

吉原は気の利いたことを言って可奈子を慰めたいと思ったのだが、口を突いて出たのはその一言だけだった。可奈子は軽く頷いて言った。

「だから私は由香里さんのしたことを批判なんてできません。どんな人間に成長するかはどう育てられたかで決まるものであって、親の遺伝子なんてそれほど重要じゃないんですよね。これ、自分のいのちと引き換えに紗恵が教えてくれたんです。紗恵が犯罪に関与したことは申し訳ないことですが、もしも叶うなら私は紗恵に会ってお礼を言いたいと思っているんですよ『知美を託してくれてありがとう』ってね」

可奈子の告白に耳を傾けていた吉原の目に、商店の店先に掲げられた「二〇二〇年東京オリンピック・パラリンピック　おめでとう」の垂れ幕が留まった。

「東京に決まりましたね、オリンピック。半世紀前の東京オリンピックのときはワクワクしたものでした。若かったですね、東京も我々も」

可奈子は頷いて答えた。

「小学生だったかしら」

すると吉原は珍しく笑顔になって言った。

「感動しましたよね、開会式のファンファーレ、マラソンのアベベや女子バレーボールとか。テレビ番組は毎日オリンピック一色でしたね。森山先生はどんな種目がお気に入りでした？　陸上ですか、それとも水泳とか？」

可奈子は吉原につられて笑いながら答えた。

「重量挙げが好きでした」

「重量挙げとは……意外と地味ですね。参考までに、重量挙げのどこらへんが好きだったんですか？」

「結果がすぐ出るし、シンプルでわかりやすいから」

「はっはっ、確かに森山先生らしい」

「なんだか懐かしい気持ち、一九六四年に戻ったみたい。でも、皆が一緒に上を見上げていたあの頃とは事情が違いますから、今度もあのときのように国民の気持ちが一つになって盛り上がるとは思えませんね」

可奈子は一度言葉を切ると、何か閃いたように目を輝かせて言った。

「そうだっ！　日本が夢に向かって頑張っていた頃の象徴として、あの国立競技場を改修して、二〇二〇年にも是非そのまま使って欲しいわ。エコだし、素敵だと思いません？」

　可奈子の目じりに現れた笑い皺が事件を乗り越えたことを物語っていた。吉原は微笑み返しながら答えた。

「それが……古いのは壊してSF小説に登場しそうなものすごい競技場を新たにつくるらしいですよ」

「あら、そうなんですか。残念だわ。税金いっぱい使っちゃうんでしょうね、私が心配してもしょうがないけど、大丈夫なのかしら……」

　吉原はたわいない会話がこのままずっと続いて欲しいと思った。すると可奈子が吉原の心を見透かすように言った。

「これからも時々お会いできます？」

　あまりにもストレートな質問に不意を衝かれ、吉原はたじろいだ。それを気付かれないように視線を逸らせて一つ咳払いをして答えた。

「いや、もうお会いしない方がいいでしょう。事件のことはお互い忘れた方が良いでしょうから」

　せっかく素直な気持ちをぶつけたのに、そんな答え方をされたらこちらの立場がないではないか……そう思った可奈子は吉原を少し懲らしめることにした。

「そうですか。おっしゃる通りかもしれませんね。では、ごきげんよう」

唐突に言葉を放った可奈子は、軽く会釈するとそのまま駅に向かって足早に歩き去った。

視線を背中に感じながら一度も振り返らずに駅舎に入った可奈子は吉原の呆気にとられた顔を思い出し、駆け引きに勝った満足の笑みを浮かべた。

一方、その場にとり残された吉原は、見栄を張って格好つけたつもりが逆転の背負い投げをくわされた気分だった。

『やっぱり、変わった女だな』

吉原は苦笑した。


電車の接近を知らせる警報音が鳴り出すと同時に踏切の遮断機がカタカタと下り始めた。踏切内の人々が急いで渡り切ろうとする一方、若者や自転車は遮断機をくぐって猛然と走り渡って行った。それは日々繰り返されるいつもの風景だった。

終わり

あとがき

子どもは授かりものという表現を誰でも一度は耳にしたことがあるでしょう。そして、すべての新しい命は等しく幸せに育つ権利を持って生まれてきます。しかし、大人の事情は千差万別です。子どもを望みながらも授かることができずに苦しんでいる夫婦がいる一方で、経済的理由も含めて望まない妊娠に唯々困惑する女性たちが多数存在する現実は今も昔も変わりません。

この瞬間にも、年齢的限界が近い焦りに突き動かされつつ高額の治療費をかけて、祈るように我が子を待ち望む沢山の方々がいらっしゃいます。近年の不妊治療においては、複数の受精卵から遺伝的に問題のあるものを事前に取り除く操作をしたり、第三者の精子や卵子を使用することの是非が議論の的になっています。さらにヒトゲノムの完全な合成が視野に入ってきている現在、生殖医療技術の競争はやや過熱気味のように思われます。

親としては自らの遺伝子を受け継いだ子どもを授かるに越したことはありません。

しかし、敢えて批判を恐れずに言うならば、望まれずに生まれてきた子どもや親の愛情を知らない子どもたちに手を差し伸べることも選択肢の一つです。

親は子育ての苦労や楽しさの中で子どもとの間に信頼関係を積み上げていきます。こうして人は真の「親」になっていくのであり、その生活環境が子どもの人間形成に大きく影響すると考えられます。そして、この過程は遺伝子レベルで親子であるかどうかとはあまり関係ないと思うのです。

「血の繋がり」や「伝統的な家族制度」を軽んじるわけではありませんが、多少常識から外れた生き方の家族も排除することなく受け入れる寛容さが現代社会に求められています。その実現のために私たちにできることは、心を開いて語り合うところから始まるのだと思います。それは親子に限らず学校や職場などすべての人間関係を好転させるでしょう。

この物語を執筆中のある日、私は高校生の娘に問いかけてみました。

「仮に病院で新生児の取り違いとかあったとして、十八年後、あなたの子どもは別の人ですと知らされたとしたら、ママはこう答えるの『今の親子のままで問題ありません』とね。どう思う?」

娘はごく自然に頷いて同意を表した後、少し間をおいて呟くように言いました。

「だとしたら、もう一人の私も幸せだといいね」

本書の出版にあたり、ご尽力いただいた文芸社編成企画部の皆さん、そして、より良い仕上がりを目指して努力してくださった編集スタッフの皆さんに心から感謝いたします。

平成二十九年一月

倉島　知恵理

著者プロフィール

倉島 知恵理（くらしま ちえり）

1955年生まれ、歯科医師、歯学博士。

専門は免疫病理学。

15年間の研究職兼病院病理勤務の後、木版画工房Studio C開設、現在に至る。

埼玉県在住。

明海大学歯学部客員講師、大宮歯科衛生士専門学校非常勤講師。

著書に『ストレイランドからの脱出』（2007年　文芸社）、『遥かなる八月に心かがよふ』（2009年　文芸社）、『ダイヤモンドと紙飛行機』（2012年　文芸社）がある。

ママは子守唄を歌わない

2017年１月15日　初版第１刷発行

著　者　倉島 知恵理
発行者　瓜谷 綱延
発行所　株式会社文芸社
〒160-0022　東京都新宿区新宿１－10－１
電話　03-5369-3060（代表）
03-5369-2299（販売）

印　刷　株式会社文芸社
製本所　本村製本株式会社

ISBN978-4-286-17826-4